LA COMPAGNA DEI GUERRIERI

PROGRAMMA SPOSE INTERSTELLARI®:
LIBRO 3

GRACE GOODWIN

Published by Grace Goodwin as KSA Publishing Consultants, Inc.

Goodwin, Grace
Titolo originale: Mated To The Warriors

Cover design by KSA Publishing Consultants, Inc. 2020
Images/Photo Credit: Deposit Photos: sutulastock, sdecoret

Nota dell'editore:
Questo libro è stato scritto per *un pubblico adulto*. Tutte le attività
sessuali incluse in questo libro sono strettamente di fantasia e intese
per adulti, e non sono né incoraggiate né promosse dall'autore o
dall'editore.

ISCRIVITI ALLA NEWSLETTER

Iscriviti alla mia mailing list per essere il primo a sapere di nuove uscite, libri gratuiti, prezzi speciali e altri omaggi di autori.

http://ksapublishers.com/s/bw

1

*H*annah Johnson, *Centro elaborazione Spose Interstellari, Terra*

ERO BENDATA, ma riuscivo a sentire il soffice mormorio di molte voci maschili che mi sussurravano tutte attorno. Ero circondata. Girai la testa a sinistra, a destra, ma non riuscivo a vedere nulla, solo il buio. Qualcosa liscio come la seta, ma liquido come cioccolato sciolto, mi avvolgeva il collo, come un collare di calore liquefatto. Una volta che finì di avvolgermi, i miei sensi si acuirono. L'odore del cazzo del mio compagno vibrava nell'aria, e sapevo che era ritto di fronte a me. Potevo odorare il profumo speziato della sua eccitazione. Conoscevo bene il sapore esotico del suo piacere sulle mie labbra. Come facevo a conoscerlo? Come facevo a sapere che il collare che avevo attorno al collo mi legava a lui, in qualche modo?

Provai a raggiungerlo, ad assaporarlo, ma gli spessi

lacci che mi bloccavano i polsi sopra la testa me lo impedirono. Il desiderio per i miei compagni e il potere della nostra connessione erano forti, ma tutto quello che potevo fare era stare in piedi, nuda, e aspettare.

Il profumo della mia stessa pelle e qualcosa di stranamente metallico riempivano l'aria. Potevo sentire il soffice scorrere dell'aria fresca sulla mia pelle nuda. Avevo le gambe spalancate. Tirai le catene sopra la mia testa, provi a fare un passo in avanti, ma capii che degli spessi legacci attorno alle caviglie mi impedivano di camminare. Scalciai, ma capii che avevo solo qualche centimetro di gioco, e nient'altro.

Potevo solo aspettare. Tesi le orecchie per sentire i passi, il fruscio dei vestiti, qualunque cosa mi aiutasse a capire cosa stesse per accadere. Ero confusa, inquieta, ma il mio corpo smaniava per il tocco del mio compagno.

Quel pensiero mi mandò nel panico, e il cuore cominciò a battermi così forte che temetti potesse esplodermi dalla cassa toracica.

Che cos'era? Perché ero nuda? Dove diavolo mi trovavo? Non avevo firmato per questo, quando mi ero offerta volontaria per il Programma Spose Interstellari. Avrebbero dovuto assegnarmi a un compagno perfetto per me e per me sola. Avrebbe dovuto amarmi e proteggermi, e...

Come se l'avessi evocata, una grande mano si posò sulla mia spalla e risalì sul mio collo. Anche bendata riuscivo a sentire la forza bruta di quel tocco, e la grandezza del palmo mi fece tremare, ma non di paura. In qualche modo riconoscevo il suo tocco, e lo bramavo.

La sua voce mi riempì l'orecchio da dietro, e premette il suo petto nudo e caldo contro la mia schiena.

"Accetti la mia rivendicazione, compagna? Ti concedi a me e al mio secondo, liberamente, o desideri scegliere un altro maschio primario?" Una voce bassa e baritonale ringhiò quella domanda, e la mia figa si bagnò in risposta. La mia mente non lo riconosceva, ma il mio corpo sì.

"Accetto la vostra rivendicazione, guerrieri." Le parole mi sfuggirono dalle labbra, come se non potessi controllarle. E, infatti, non potevo. Provai a fare una domanda per capire dove mi trovavo, cosa stava succedendo, ma era come una simulazione di realtà virtuale. Sentivo il calore dell'enorme uomo dietro di me, potevo odorare la pre-eiaculazione del mio compagno che mi stuzzicava con piaceri futuri. Potevo sentire il metallo spietato del pavimento sotto i miei piedi nudi, e lo scivolare caldo della seta liquida che mi avvolgeva il collo. Potevo bramare e smaniare e volere, ma non potevo muovermi.

Qualunque cosa sarebbe successa, era al di fuori del mio controllo.

"E allora celebreremo il rito della rivendicazione. Tu sei mia, e ucciderò qualunque altro guerriero che provi a toccarti."

Le sue mani mi avvolsero il collo stringendomi dolcemente, un dolce ma gentile promemoria: era lui che dominava, era lui che avrebbe potuto prendermi, scoparmi, farmi venire – e non c'era niente che potessi fare.

Non volevo sfuggire a quella forza. Ne volevo di più.

Il mio compagno grugnì dietro di me e mi strinse

piano la gola con la sua mano destra, e la mia figa palpitò di benvenuto. Un secondo paio di grandi mani maschili mi si appoggiarono sui fianchi, e allora seppi che un altro uomo mi si era inginocchiato di fronte.

Il primo, famelico maschio dietro di me mi stringeva forte contro il suo petto, mentre la ruvida lingua del secondo mi risaliva su per il ginocchio, su per l'interno coscia, fino a leccare il mio nucleo bagnato.

I miei fianchi sobbalzarono verso la bocca che si serrava contro il mio clitoride. Due dita enormi si infilarono dentro la mia figa, mentre la bocca e la lingua si davano da fare per farmi fremere. Respiravo affannosamente, e il grugnire dietro di me mi faceva piegare le ginocchia.

"Ti piace la sua bocca su di te?"

Sapevo, in qualche modo, che lui si aspettava una risposta, e che non ci sarebbero state menzogne. "Sì."

"Vieni per noi, e poi ti scoperemo." Il suo grosso cazzo si strinse contro il mio fondoschiena nudo, ed ero lacerata tra il desiderio di spingere in avanti, sulla lingua che succhiava e mi faceva contorcere, e il desiderio di spingere dietro, per stuzzicare quel cazzo che premeva contro il mio culo.

Provai a fare entrambe le cose, ma non potevo muovermi. Il mio carceriere mi teneva una mano sul collo, e con l'altra mi stuzzicava prima un capezzolo, poi l'altro, facendomi raggiungere picchi estremi. Li tirò quasi fino a farmi male, mentre l'uomo tra le mie gambe mi scopava con le dita e mi leccava il clitoride. Era così veloce... meglio di qualunque vibratore avessi mai provato quand'ero a casa.

Gemetti. Avevo bisogno di essere riempita. Scopata. Reclamata. Per sempre.

Esplosi e premetti la mia nuca contro il petto gigante dietro di me. Adesso lui apparteneva a me. Era il mio porto sicuro, il mio compagno. Quando mi collassarono le gambe, lui mi sollevò, come sapevo che avrebbe fatto. Lui era mio, ed io ero sua.

La sua voce era praticamente un brusio nelle mie orecchie. "Benissimo... adesso ti scoperemo, mia compagna. Sei nostra."

Nostra. Sì. Li volevo entrambi. "Sì."

Anche l'uomo sul pavimento era mio. Erano entrambi miei.

Mi liberarono le caviglie, mi fecero voltare e mi ritrovai faccia a faccia col maschio dietro di me. Mi sollevò e indietreggiò. Non vidi mentre mi liberavano i polsi. Abbassai le braccia, posai i polsi all'altezza della vita, grata per il sollievo alle spalle. Il mio compagno mi si mise in grembo. Sentii che la sua grossa cappella strusciava contro il mio nucleo, e quello fu l'unico avvertimento che ricevetti prima che lui mi sollevasse e mi invadesse con un unico, brutale movimento.

Gridai sentendo che mi impalava. Ce l'aveva enorme!

Mi riempiva così completamente che la figa mi faceva male, ed ero così eccitata da non poter pensare. Potevo solo desiderare. Ma, poco dopo, il calore familiare e piacevole della sua pre-eiaculazione si diffuse dalla mia figa fin dentro tutto il mio corpo, e mi contorsi, calda e fuori controllo. Se non si fosse mosso presto, lo avrei implorato.

"Adesso verrai reclamata. Per sempre."

La sua voce vibrò attraverso il mio corpo. In qualche modo, sapevo cosa stava per accadere mentre si piegava all'indietro. Si distese, mi tirò sopra di lui, e il mio culo finì per aria.

Due mani si poggiarono sul mio fondoschiena nudo e mi afferrarono con una presa ferma e famelica. Mentre mi piegavo verso il mio compagno, il secondo uomo versò dell'olio caldo nel mio buco vergine facendomi gemere.

Era questo quel che aspettavo, quel che volevo. Quello per cui mi avevano addestrata.

Mi distesi sul petto del mio compagno, le mie mani sollevate sul viso, in attesa che l'altro compagno facesse breccia dentro di me, mi riempisse, mi completasse veramente.

Il mio compagno mi scivolò sotto le gambe, mi allargò le ginocchia e mi posizionò il sedere così da poterlo scopare alla perfezione. Avevo le ginocchia piegate e lui sopportava tutto il mio peso. Ero chinata in avanti, pronta ad essere riempita dal secondo cazzo.

"Presto. Fallo. Ora."

Quella voce roca era la mia? Non riconobbi quel suono ansante, colmo di una fame disperata.

"Mi piace la tua smania, ma non provare a darmi degli ordini." Una mano mi piombò sul sedere nudo con un forte *smack*, e il mio corpo si scosse mentre un calore pungente si espandeva dal mio culo fino al clitoride. Ondeggiai il culo, volevo che mi colpisse ancora. E ancora.

Mi leccai le labbra e il mio corpo si contrasse attorno al membro che mi riempiva la figa. "Prendimi."

Smack.

"Scopami," implorai.

Smack.

"*Per favore!*" gemetti mentre cacciavo i fianchi all'infuori in attesa del prossimo colpo. La miscela di dolore e piacere rovente era incredibile.

Smack.

"Per favore? È tutto quello che sai dirci?" Il mio primo compagno mi fece questa domanda, mentre aveva il cazzo ficcato tutto dentro di me.

Oh, sapevo quel che voleva, ed ero tentata di provocarlo ulteriormente, di sentire sul mio culo la calda puntura della loro dominazione, ancora e ancora. Il lampo di dolore mi accese le terminazioni nervose e mi fece tremare tutto il corpo dalla lussuria. Ma mi ero spinta al limite, ed ero così eccitata che la mia figa cominciò a pulsare, con il bisogno di venire che mi portava sull'orlo del dolore. Volevo che lui – che tutti e due loro – mi sbattesse con violenza. Avevo bisogno che mi riempissero. "Per favore, signore."

Non mi rispose a parole, ma dovettero farsi un cenno l'un l'altro, perché la spessa testa del fallo del mio secondo premette attorno al mio piccolo e stretto fiorellino, penetrando le pareti esterne del mio culo vergine con una facilità notevole. Ora sapevo che l'allenamento a cui ero stata sottoposta era servito a qualcosa. Dopo alcuni colpi attenti ma sapienti, l'uomo dietro di me si fermò, con il cazzo completamente incassato nel mio culo.

Mi infransi in un milione di pezzi, andai in frantumi e detti loro tutto quanto. Non tenni nulla per me.

Mi arresi, completamente. Totalmente. Il mio corpo apparteneva a loro, il mio piacere, il mio stesso respiro.

Mentre il mio corpo veniva attraversato agli spasmi e si contraeva attorno ai loro cazzi enormi, i profumi cominciarono a svanire, come se stessi attraversando la nebbia, e scivolarono via fino a quando – non sparirono.

Ero da sola. Vuota.

La mia figa pulsava e si contraeva attorno al nulla.

Provai a raggomitolarmi, ma non potevo muovermi.

Lentamente ritornai alla realtà. Mi ci vollero parecchi minuti per riemergere da una strana confusione, e scoprii che ero legata a un lettino per gli esami medici nell'unità di elaborazione del Programma Spose Interstellari. Ero sulla Terra. Sbattei le palpebre, ritornando in me, e vidi la donna con cui avevo passato fin troppo tempo negli ultimi giorni.

La Custode Egara mi guardava con i suoi occhi scuri, un tablet tra le mani. Il mio corpo continuava a tremare, bisognoso, sotto le scosse che seguirono all'orgasmo che ancora mi faceva palpitare la figa. Il lettino era freddo, e il camice che indossavo era aperto dietro. Il tessuto grigio standard era ricoperto da piccole repliche dello stemma del Programma Spose Interstellari, in uno schema rosso che si ripeteva. Mi sembrava di avere indosso della carta da parati.

"Molto bene, Hannah. Il processo di abbinamento è completo." La Custode Egara era una giovane donna dal volto severo che prendeva il suo lavoro – abbinare donne umane a compagni alieni – molto seriamente. Guardò l'attrezzatura medica sul muro sopra la mia testa e fece un cenno col capo a un assistente che portava una semplice uniforme grigia. L'assistente entrò e cominciò a rimuovere i cavi, i tubi e i sensori che mi avevano attaccato alla testa e al corpo.

"Cos'era quello, un sogno?" Mi leccai le labbra, inaridite dalle mie grida di piacere. Volevo sapere. Un sogno? Una fantasia? Un bisogno oscuro e profondo che avevo seppellito così tanto tempo fa che non sapevo nemmeno della sua esistenza? Avevo appena sognato di venire sculacciata e scopata, e non da un uomo, ma da due. E avevo avuto l'orgasmo più intenso della mia vita.

"Oh, no, cara," commentò la custode. "Quello era il ricordo del rituale di accoppiamento di un'altra sposa umana. La registrazione ha qualche anno, e appartiene a una sposa che abbiamo spedito quando il programma era appena iniziato." La Custode Egara accennò un sorriso, il primo che le avevo visto fare da quando ero entrata nell'edificio parecchi giorni fa. Era zelante nel suo lavoro. Molto premurosa, come se la felicità di ogni guerriero senza compagno della galassia la interessasse personalmente.

"Vuol dire che... io? Era... quello?" Cosa volevo dire? "Era reale?"

"Oh, sì. I neuro-processori usati dal sistema di accoppiamento saranno impiantati dentro il suo corpo durante la fase finale del trasporto. Non solo i NP la aiuteranno a comprendere e a parlare la loro lingua, ma sono anche stati pre-programmati per registrare la sua cerimonia di accoppiamento, così da poter assistere le altre spose nel loro abbinamento. Così come l'esperienza di quell'altra donna è stata usata per aiutare lei."

Tremai, e sperai che mi avesse lasciato lì, in quel

mondo di sogni, per qualche altro minuto. Ne volevo di più. Lo bramavo. "Il mio compagno sarà così?" Così come, non ne ero sicura. Non avevo visto i loro volti, ma lo sapevo. Sapevo che lo volevo. *Li* volevo.

Ma due uomini? Questo mi confondeva.

"C'erano due uomini. Ero abbinata a due uomini?"

La custode scosse la testa. "No. Sei stata abbinata a un uomo soltanto. E il tuo compagno primario sarà un guerriero, ma non sarà *quel* guerriero."

Che voleva dire *compagno primario*?

Sussultai. Provai a immaginare cosa mi sarebbe successo. Il mio compagno sarebbe stato così grosso? Così forte? Avrei provato quello che aveva provato l'altra sposa? Il mio compagno avrebbe voluto includere un secondo uomo nella nostra cerimonia di accoppiamento? Avrei voluto che lo facesse? Quello che avevo appena sperimentato andava al di là della voglia, fino alla totale fiducia. Una lussuria irrazionale, feroce. Sarei stata felice come lei di venir reclamata?

Non avevo mai immaginato di venire sculacciata prima d'ora. L'avevo sempre visto come una punizione, e quindi non mi sarei mai offerta volontaria per *quello*. A dire la verità, non volevo proprio essere abbinata a un compagno alieno. Ma eccomi qui, legata a questo cavolo di lettino nel centro di elaborazione, ed era tutta colpa mia. Mi ero offerta volontaria per il Programma Spose Interstellari per aiutare mio fratello a ripagare i debiti che aveva con certa gentaccia. Aveva tre figli, una moglie, e se non avesse pagato una grossa somma in contanti si sarebbero ritrovati per la strada. O peggio. Molto peggio.

Il mio lavoro di insegnate di asilo riusciva a malapena a darmi di che vivere. Non avevo soldi extra da dare a mio fratello. Ma questo potevo farlo.

Fino ad ora, non avevo pensato che ci sarebbe stato qualcosa di piacevole durante il processo di abbinamento. Dubitavo dell'abilità del programma spose nel trovare un abbinamento adatto. Voglio dire, veramente? Come poteva uno stupido computer stabilire quale uomo nell'intera galassia fosse perfetto per me? Non avevo mai trovato l'uomo giusto sulla Terra, come potevano loro trovare qualcuno da abbinarmi su un lontano pianeta alieno? Il piacere vibrante che avevo appena provato mi faceva ben sperare. *Molto.* Per la prima volta nel corso delle ultime settimane pensavo che, *forse*, sarebbe andato tutto bene. Forse offrirmi volontaria per il Programma Spose Interstellari non era stato l'errore più grave della mia vita.

Errore o meno, la famiglia era pur sempre la famiglia. Solo così potevo aiutare mio fratello. Il mio corpo e la mia vita erano le uniche cose di valore che avevo. Non ero ricca, ma ero giovane e fertile e senza legami. Diamine, più che altro senza ispirazione. Avevo avuto tre fidanzati in cinque anni, e nessuno di loro mi aveva fatto venire tanto intensamente quanto... quella simulazione neuronale. Con i ricordi di un'altra donna.

Oh, Dio, volevo una di quelle grandi, profondi voci dietro di me. Volevo una mano enorme avvolta attorno alla mia gola e una lingua calda che mi massaggiava il clitoride. Volevo essere tenuta ferma mentre qualcuno mi scopava da dietro. *Volevo...*

Il mio monitor emise un bip e io arrossii, sapendo che stava percependo l'aumento del mio battito, mentre rivivevo tutto quello che mi era appena accaduto. No, non era successo a me, ma a lei. All'altra donna. Quella che la Custode Egara aveva mandato su Prillon. Quella che era stata reclamata da un guerriero. Un guerriero grande, forte, con un cazzo enorme. Il suo *compagno primario*. Qualunque cosa volesse dire.

"Quindi mi avete abbinata a quel pianeta? Al pianeta di quella donna?"

La Custode Egara annuì in modo secco. "Sì. A un guerriero di Prillon Prime."

Prillon Prime? Ero stata abbinata a Prillon Prime? Quel pianeta abitato da quella razza guerriera di giganti? Le brochure del programma dicevano che i guerrieri Prillon richiedevano delle spose mentre prestavano ancora servizio come militari. Erano una delle tre razze che tenevano le loro spose assieme a loro sulle navi da battaglia. Nello spazio. In prima linea in quella guerra tra le razze biologiche e lo Sciame, le forme di vita artificiale e le razze di cyborg che stavano provando a conquistare l'universo. La guerra era arrivata sulla Terra, e la Coalizione aveva accettato la Terra tra le sue file, a costo di condizioni severissime.

Spose. Mille l'anno. La maggior parte delle spose della Terra erano criminali. I politici della Terra non avrebbero dovuto sacrificare i *criminali* per raggiungere la quota di spose aliene, ma eccomi qua, una volontaria che sperava di non aver commesso il più grosso sbaglio della sua vita.

Ricordai di aver letto che i maschi Prillon erano estremamente fiduciosi nelle loro abilità di guerrieri quando si trattava di proteggere le loro compagne. Dappertutto. I guerrieri Prillon non si ritiravano mai dalla battaglia ed erano la razza più temuta della Coalizione Interstellare. Combattevano in prima linea, e i loro comandanti ero a capo dell'intera flotta interstellare.

Porca troia. Non sarei andata su un pianeta! Sarei andata a vivere su una nave spaziale in mezzo al nulla! E davvero combattevano contro altre navicelle? O contro i cyborg. O che altro! Il monitor del battito cardiaco cominciò a suonare ancora una volta, e questa volta non provavo eccitazione. Ma panico.

Scossi la testa. Una volta. Due. "No. Ci dev'essere stato un errore."

"Nessun errore." Mi guardò storto. "Il suo abbinamento ha una compatibilità del novantanove per cento."

"Ma..." Volevo andare su Forsia, o sui pianeti gemelli di Ania e Axion, dove vivevano in città piene di ristoranti, feste e lusso. Non volevo andare su una nave da guerra nello *spazio*!

"Silenzio." Sibilò quella parola come se fosse un gatto arrabbiato. "È cosa fatta, l'abbinamento è completo. Ha già firmato. La sua famiglia verrà pagata, come da lei richiesto. A meno che non voglia restituire lei quel denaro, onorerà il suo obbligo legale nei confronti del programma. Lei ha scelto il protocollo di abbinamento. Deve rispettare i risultati."

La Custode Egara era piuttosto cortese, sulla ventina, e persino carina, ma un po' brusca. La capivo. La donna alla reception mi aveva detto che non ce n'erano molte di volontarie. La maggior parte delle donne elaborate dalla Custode Egara erano criminali condannate le cui uniche due scelte erano o entrare il Programma Spose Interstellari o scontare la loro pena in prigione.

"Mhmm... penso che aggiungerò questa scenata ai suoi dati come sposa. Il suo nuovo compagno deve essere avvertito della sua impertinenza."

Spalancai gli occhi e la bocca.

"Un momento! Io non ho mai acconsentito a quello!" Impaziente, strattonai un paio di tamponi appiccicosi che mi avevano attaccato alle tempie e feci una smorfia, mentre si impigliavano nei miei lunghi capelli neri. Li diedi all'assistente, che finì di scollegarmi da tutti gli altri cavi e lasciò la stanza. La Custode Egara doveva aver capito che ero sul punto di ficcarle il tablet su per il culo, perché subito fece un gesto con la mano per calmarmi.

"Va bene, signorina Johnson. Lo cancellerò dal suo profilo." Toccò lo schermo e si accigliò. I suoi lunghi capelli erano legati in uno stretto chignon e le tendevano la pelle facendola apparire ancora più severa. "Ora, per il verbale, dica il suo nome."

Inspirai, espirai. "Hannah Johnson."

"Signorina Johnson, è o è mai stata sposata?"

"No."

"Ha figli?"

"No." Alzai gli occhi al cielo. Me lo avevano già chiesto. Avevo firmato questa roba in triplice copia, ed ero sicura che le appariva sul tablet.

"Eccellente." Toccò lo schermo un po' di volte senza guardarmi. "Signorina Johnson, sono tenuta a informarla che avrà trenta giorni per accettare o rifiutare il compagno scelto per lei dai protocolli di abbinamento." Sollevò la testa e mi sorrise. "Ma, comunque, a giudicare da questi risultati, penso che non ce ne sarà bisogno."

Non avevo tutta questa fiducia nel programma che utilizzavano per abbinare le spose ai loro compagni, ma mi fu assicurato che la scelta finale sarebbe stata la mia. "Va bene."

"A prescindere dalla sua scelta, non ci sarà alcun ritorno sulla Terra. Se il suo nuovo compagno è inaccettabile, potrà richiederne un altro dopo trenta giorni... sempre su Prillon Prime. Potrà continuare questo processo fino a quando non avrà trovato un compagno che le si addice."

"Warden, voglio solo sapere..."

Sospirò. "Ha già firmato i documenti. Signorina Johnson, mi sento obbligata a ricordarle che, al momento, lei non è più una cittadina della Terra, ma una sposa guerriera su Prillon Prime e, in quanto tale, sarà soggetta alle leggi e agli usi del suo nuovo mondo."

"Ma –"

"Hannah, lei è stata assegnata a uno dei più feroci guerrieri di quel mondo. Dovrebbe esserne fiera. Lo serva per bene." Non ero sicura se l'ordine della Custode Egara servisse a incoraggiarmi o a spaventarmi, ma non dovetti chiedermelo a lungo. A quanto pare, lei ne sapeva più di me. Forse le piacevo più di quanto non credessi. Se fossi stata una serial killer, mi avrebbe mandata lo stesso da questo feroce guerriero? Mentiva alle donne riguardo a quanto fossero fantastici i loro compagni così da far loro desiderare ancor di più di lasciare la Terra?

La Custode Egara si avvicinò e scostò la sedia su cui sedevo. Ci fu una piccola scossa, e un'apertura blu acceso apparve sul muro. Ero ancora ben legata, e non potevo fare nulla mentre appariva un lungo ago. L'ago era attaccato a un lungo braccio metallico nel muro. Provai a indietreggiare, e la Custode Egara alzò la voce così da farsi sentire al di sopra del liquido blu che ribolliva sotto di me.

"Sta' ferma, Hannah. Ora ti impianteremo il NP. Niente da temere." Il suo sorriso era forzato, le sue labbra sottili, ma almeno ci provava, a rassicurarmi. Ebbi la sensazione che non lo faceva spesso.

Scivolai dentro quella piccola nicchia e sentii la puntura dell'ago su una tempia, e poi sull'altra. Ero abbastanza sicura che quella sensazione strana e fortissima che ora sentivo su entrambi i lati della testa mi avrebbe provocato un'emicrania tremenda. Rassegnata a soffrire gli effetti del NP, fui abbassata in un bagno caldo di qualche tipo. Una luce blu mi circondava.

"Hannah Johnson, quando si sveglierà il suo corpo sarà stato preparato per le abitudini di abbinamento di Prillon Prime e per le richieste del suo compagno. Lo troverà ad aspettarla."

Porca troia. "Ora? Ora?" Lottai contro i lacci che mi bloccavano i polsi al tavolo. "Non ho nemmeno salutato mio fratello! Aspettate!"

Per qualche motivo, la mia rabbia e la mia frustrazione scomparvero, come lavate via dal bagno caldo. Che diavolo c'era in quell'acqua? Mi sentii così rilassata, così felice.

Così intorpidita.

La voce smorzata della Custode Egara fu l'ultima cosa che sentii al di sopra del mormorio silenzioso dell'attrezzatura elettronica e delle luci. "Il procedimento inizierà tra tre... due... uno..."

E tutto si fece nero.

Capitolo Due

Comandante Zane Deston, Nave da guerra Prillon, Settore 764

IL SAPORE amaro del protocollo mi pesava sulla lingua, mentre ascoltavo i guerrieri riuniti attorno al tavolo. Eravamo stati abbastanza fortunati da infliggere una sonora sconfitta al nemico, lo Sciame, proprio in questo settore, un mese fa. E sfortunati abbastanza da avere ora il piacere di ospitare l'erede di Prillon Prime, il Principe Nial, proprio qui, a bordo della mia nave. Il giovane principe si sarebbe dovuto trovare una compagna una volta tornato sul nostro pianeta, e stava rinviando l'inevitabile il più a lungo possibile. Era un pilota abilissimo, ma non collaudato. Voleva assaporare la battaglia, non l'esistenza viziata di cui aveva goduto per tutta la vita.

La Corazzata Deston era l'unico luogo in tutto l'universo in cui lui potesse nascondersi da Prime, suo padre, il nostro re. Questa nave era l'unico luogo immune al potere di Prime.

Questa nave era *mia*. In quanto comandante di sangue reale, nemmeno la casa reale poteva portarmela via. Non solo ero il cugino di Prime, ma avevo dimostrato il mio valore in più di una battaglia. Alleati e nemici bisbigliavano il mio nome con paura.

Nonostante la mia reputazione in giro per l'intera flotta interstellare, ero costretto a rimanere in questo settore. In attesa. Una donna, la mia nuova compagna, la compagna che non volevo, di cui non avevo bisogno qui a mandare all'aria la mia vita o la mia routine, sarebbe arrivata qui e dovevamo rimanere stazionari per riceverla. Non ero nemmeno stato io a inoltrare la richiesta al Programma Spose Interstellari. Mia madre l'aveva fatto senza dirmelo, senza avere il mio permesso. Ero stato costretto ad accettare una sposa e a nominare un secondo. Se mi fossi rifiutato, avrei disonorato l'intera famiglia.

Il fatto che io non volessi questa compagna era un segreto, il peso che dovevo sopportare. L'equipaggio a bordo della mia nave era contento perché avevamo rimandato il nostro ritorno alle frontiere, ed era ansioso di incontrare la nuova matriarca. Il mio secondo, Dare, non vedeva l'ora di reclamare una femmina e di condividerla con me, così come facevano i veri guerrieri. Sia il maschio primario che quello secondario condividevano i piaceri e le responsabilità della loro donna e dei loro figli. Avevamo perso troppi guerrieri in battaglia, e l'usanza di condividere una donna garantiva che nessuna donna rimanesse mai sola. Due guerrieri di uno stesso lignaggio familiare si impegnavano a proteggere la vita della loro donna, il suo corpo e il suo onore. Se uno dei due moriva, un nuovo secondo veniva nominato.

Io avevo nominato il mio secondo. Avevo partecipato ai processi di abbinamento. E ora tutto quello che potevo fare era fingere che l'abbinamento mi soddisfaceva e accettare la sposa che mi stavano inviando. Speravo fosse abbastanza intelligente da non essermi d'intralcio, e abbastanza forte da accettare la mia natura. Le spose Prillon erano rare, e forti già di loro. La mia sposa avrebbe detenuto un potere enorme, se solo si fosse dimostrata degna di riceverlo. Volevo una sposa che si sarebbe sottomessa a ogni mio bisogno, ma i miei bisogni basilari e dominanti avevano spaventato più d'una donna del mio pianeta. Non potevo immaginare come una fragile donna della Terra potesse cavarsela meglio. Sapevo di aver bisogno di mantenere il controllo di me stesso, di contenere la mia vera natura, se non volevo terrorizzare la mia sposa.

"Sono sicuro che la sua sposa arriverà da un momento all'altro, comandante. Il trasporto è iniziato oggi."

"Sono sicuro che i suoi capelli saranno come l'oro, e i suoi occhi di un'ambra scura." Harbart parlava dal suo posto d'onore, in piedi di fianco al Prince Nial. Harbart era uno stronzetto pomposo, un vecchietto tutto inchini e una creatura devota non tanto al sacro atto della guerra, quanto ai disgustosi doveri della politica, in particolare nell'ascesa di sua figlia in quanto promessa sposa del Principe Nial.

E siano ringraziati gli dei. Se non fosse stato per l'interesse di Harbart nei confronti di mio cugino Nial, quell'uomo velenoso avrebbe preso di mira me, come possibile sposo per sua figlia. Al momento, ero il terzo nella linea di successione al trono. Avevo bisogno che Nial rivendicasse la sua sposa e cominciasse a sfornare figli il prima possibile.

"Grazie, Harbart." Accettai i suoi buoni auguri e sprofondai nella mia sedia. Al tavolo della sala riunioni c'erano sei dei miei capitani – tutti guerrieri formidabili, con i capelli scuri e dorati e gli occhi gialli comuni a tutta la nostra gente – e il principe. Avevamo ripassato i rapporti di guerra e le tattiche preparatorie per tre ore. Tutte le sezioni della nave avevano fatto rapporto. Tutte le riparazioni dopo l'ultima battaglia con lo Sciame erano state effettuate. Ora, un intero battaglione, cinquemila guerrieri e dieci navi da guerra erano bloccati in mezzo allo spazio aspettando una donna. La *mia* donna.

Il terrore mi riempì le viscere.

Harbart aprì la bocca per parlare e io colsi lo sguardo del mio primo ufficiale, che alzò gli occhi mentre il segnale delle comunicazioni si mise a suonare. La voce del mio ufficiale medico riempì la piccola sala riunioni: "Comandante, abbiamo trasferito la sua compagna nella stazione medica uno. È arrivata pochi minuti fa, è inconscia ma stabile."

Nonostante il mio disinteresse nei confronti delle spose, ero curioso di vedere questa donna che mi era stata abbinata. Ogni muscolo del mio corpo si fece teso sentendo il bisogno di precipitarmi nella sezione medica e ispezionarla. Ma adesso non potevo farlo. Se l'avessi fatto, ogni uomo nella stanza mi avrebbe chiesto di venire con me.

Sarei marcito nelle fosse di catrame su Prillon Prime prima di permettere ad Harbart, quel politico piagnucoloso, di vedere la mia sposa nuda. Forse non ero stato io a richiedere una donna, ma questo non la rendeva meno *mia*. Mia da vedere, mia da prendermene cura, e mia da scopare.

La cerimonia di rivendicazione era sacra e privata; solo ai guerrieri a me più vicini, quelli a cui avrei affidato le nostre vite, sarebbe stato permesso di assistere alla rivendicazione. Nel farsi testimoni, giuravano di onorare e proteggere la mia nuova compagna in quanto parte sacra di me stesso, come metà del mio corpo, metà della mia carne. Si impegnavano a proteggerla con la vita. E, prima che la cerimonia potesse iniziare, avevo bisogno di essere sicuro che lei accettava me e il mio secondo, e che credeva nella nostra unione. Le spose Prillon non venivano mai costrette ad accettare un compagno. Mi accigliai. Se non fossi riuscito ad addomesticare la mia sposa nel giro di trenta giorni, non mi meritavo di tenerla.

A prescindere da tutto, avrei sgozzato Harbart prima di permettergli di assistere a quel rito sacro.

"Ottimo, dottore," risposi, con voce calma e piatta. "Non deve vederla nessuno oltre a me. Verrò dopo il meeting con gli ingegneri."

"Sì, comandante."

Le comunicazioni si fecero silenziose e così anche la stanza, con tutti gli uomini che mi guardavano increduli.

"Perché non è corso da lei, comandante?" La domanda indignata di Harbart mi confermò che avevo preso la decisione giusta. Quel vile non vedeva l'ora di posare i suoi occhi da pervertito sulla mia compagna.

La sua ovvia gelosia fece incendiare la mia possessività. Mi sorpresi io stesso. Il desiderio per una donna che non avevo mai visto mi scaldò il sangue, e dovetti combattere l'impulso di correrle incontro, di vederla, di assaporare la sua carne e di rivendicare il suo corpo con il mio. Tra tutti gli uomini dell'universo, era a me che era stata abbinata. I suoi desideri combaciavano con i miei, e io smaniavo dalla voglia di testare il successo del programma. Forse mia madre aveva avuto ragione a forzare la cosa. Sapeva che una compagna a bordo della nave mi avrebbe distratto. La logica insisteva che non prendessi moglie ma, con lei così vicina, il mio corpo la pensava diversamente.

Il suo arrivo sarebbe stato noto a tutta la nave nel giro di poche ore, e la nave sarebbe stata un luogo pericoloso per la mia compagna fino a quando non l'avessi rivendicata, specialmente con l'entourage reale di Harbart a bordo. Un tempo su Prillon Prime era comune rapire le donne, e qualche vecchio pazzo, come Harbart, rimpiangeva i giorni in cui gli uomini si prendevano le spose con la forza della spada o degli eserciti.

Sciocchi. Molti ottimi guerrieri erano stati uccisi dalle loro spose prima che le leggi arcaiche venissero modificate dal Prime attuale. Erano stati uccisi da spose infuriate e feroci per aver perduto il loro compagno prediletto. Anche ora, mi rifiutavo di mettere a rischio la mia sposa mostrando troppo interesse. Più la valutavo, più sarebbe stata una preda succulenta per bastardi freddi e affamati di potere come Harbart. Non era né l'unico anziano, né l'unico politico a bordo della mia nave. Per quanto mi riguardava, potevano marcire tutti quanti.

"Non verrò meno ai miei doveri o mi farò distrarre da una donna." Mi alzai e i guerrieri al mio comando si alzarono tutti con me, tutti tranne il Principe Nial. Mio cugino mi sorrise.

"Questo lo vedremo, cugino."

Lo guardai severo. "Uscirai con la prossima ricognizione assieme a Dare, cugino. Prova se ci riesci a non farti uccidere." Dare era il mio secondo e il mio miglior pilota. Non avrei affidato la sicurezza del principe a nessun altro.

Nial sorrise. Harbart si infuriò e protestò, e io uscii dalla sala riunioni per dirigermi sul ponte di comando e dare gli ordini al navigatore. "Ora che il trasporto è completo, non ci sarà più da aspettare. Allertate i capitani. Prepararsi per la partenza. Partiamo per il fronte nel giro di un'ora."

"Sì, comandante."

Lasciai il ponte di comando e andai dritto nella sala macchine per incontrarmi con gli ingegneri come stabilito. Feci del mio meglio per starli a sentire, ma riuscivo a pensare solo alla donna che mi aspettava nella stazione medica.

Chissà com'era... avrebbe tremato a vedermi, come avevano fatto tante donne sul mio pianeta? Si sarebbe inchinata e avrebbe distolto lo sguardo da me con deferenza in ragione della mia abilità nel combattimento e del mio grado? Avrebbe osato sfidarmi, o si sarebbe sottomessa a me in tutto e per tutto? Sarebbe stata morbida e formosa, con i seni grandi, come le donne dei simulatori di piacere sulla nave, o sarebbe stata forte e magra, come le donne guerriere di Prillon?

La terza volta che fui costretto a chiedere all'ingegnere meccanico di ripetersi, decisi di concludere l'incontro. Ero stanco di aspettare.

Invece, il dottore mi corse incontro con un cipiglio preoccupato.

"Comandante, la donna non ha ancora ripreso conoscenza."

Il mio petto si contrasse con un dolore insolito, e guardai il dottore in malo modo. "E perché no?"

"Non lo so. Tutti i suoi valori sono normali. Si chiama Hannah Johnson. Viene da un posto chiamato Nord America. E questo è interessante, comandate: è la prima volontaria che vedo dalla Terra. La maggior parte delle spose sono delle criminali."

Il dottor Mordin teneva il suo tablet al di fuori della mia vista, ma non mi importava di leggere di lei su una macchina, né mi importava di sapere da dove veniva. Avevo combattuto molte volte con Mordin, e lo ritenevo un amico fidato. Se ci fosse stato qualcosa di veramente grave con la mia compagna, me lo avrebbe già detto. Non mi interessava cosa c'era scritto sui suoi documenti. Adesso lei era mia, e volevo vederla in carne e ossa.

"Portami da lei."

"Certo." Si diresse verso una stanza privata di solito riservata alla famiglia reale e agli ufficiali di alto rango. Era l'unica stanza privata di tutta la stazione medica, e gli ero grato per la sua discrezione.

Restai sulla soglia mente lui correva verso la mia compagna con i suoi scanner. Con le braccia incrociate, gli permisi di finire quel che doveva fare. Non riuscivo a vederla, l'uomo mi bloccava la visuale. Nonostante avessi ottenuto una compagna solo per colpa dell'intromissione di mia madre, mi resi conto che dal momento in cui era arrivata mi sentivo... mi sentivo molto interessato. Ansioso, addirittura. "Sta bene?"

"Non riporta danni, ma non posso eseguire una diagnosi completa fino a quando non si sveglia."

"Qualcuno è venuto a chiedere di lei?"

Il sorrisetto del dottore era pura malizia, ed ero grato di poterlo chiamare amico fidato, leale. Non era stato addestrato solo a curare, ma anche a uccidere, ed era un guerriero feroce. "Oh, la marionetta del principe era qui, ma l'ho mandato via."

La furia mi pompò attraverso le vene. "Eccellente. Grazie."

Annuì. "Onore mio, comandante."

"Lasciaci."

Sorrise. "Certo."

Aspettai che la porta si chiudesse dietro di lui prima di girarmi verso il lettino su cui la mia sposa dormiva.

Mi aspettavo capelli dorati e occhi color ambra. Ma i capelli della mia amata erano lunghi, lisci, e neri come la notte con delle ciocche luccicanti che sembravano soffici al tatto. Insoliti, ma belli oltre ogni immaginazione. Delle sopracciglia altrettanto scure si inarcavano sopra occhi delicati, e delle ciglia nere si riposavano sulle guance pallide. La sua pelle era la più pallida che avessi mai visto, di gran lunga più bella del mio colorito scuro. Non potei non vedere le sue labbra rosa e piene, o l'accenno di rossore sulle sue guance.

Volevo vederle gli occhi, volevo scoprire se erano tanto esotici quanto i suoi capelli neri o la sua pelle liscia.

La ricopriva un lenzuolo. Lo tirai via con gentilezza per ispezionare il resto del suo corpo. Esso era nudo, formoso e attraente, aveva seni larghi con dei capezzoli rosa scuro. Ogni pelo del suo corpo era stato rimosso, come era nostra abitudine, lasciando la sua pelle nuda e liscia.

Il mio cazzo si risvegliò, alzandosi per salutarla e pronto a rivendicarla come mia. Era così piccola, così minuta rispetto a me e al mio secondo. Non andava bene! Il Programma Spose Interstellari doveva aver commesso un errore.

Mi ricacciai in gola la mia delusione. Avrei dovuto essere cauto con lei. Gentile. In quanto comandante, ero a capo di questa corazzata e di un'intera flotta. Esercitavo il potere e il comando con mano ferma. Volevo essere libero di esercitare la stessa intensità di potere anche sul suo corpo. La guardavo, e per la prima volta capii che avevo bisogno di quel sollievo e di molto di più. Ma la mia compagna non veniva da Prillon, ed era così piccola che mi figurai che il mio piacere le avrebbe fatto del male.

Quindi sarei stato attento. Tenero. Sarei stato sempre conscio del suo piccolo corpo.

La ricoprii con il lenzuolo. La volevo, ma non l'avrei presa così. Volevo guardare i suoi occhi che si spalancavano, mentre il mio cazzo la riempiva per la prima volta, volevo sentire i suoi gemiti di piacere, mentre la facevo venire. Potevo controllare i miei istinti dominanti e comunque scoparla. Avrei cercato del piacere dal suo corpo – spesso – e lei avrebbe saputo che eravamo io e il mio secondo a darle tutto il piacere di cui aveva bisogno.

Mi sporsi su di lei e le rimboccai le lenzuola sopra le spalle. Alzai lo sguardo e vidi un paio d'occhi che mi fissavano, le iridi d'un marrone così scuro che erano quasi indistinguibili dalle pupille.

Il mio cuore saltò un battito. Ero un guerriero feroce. Non avrei dovuto avere una tale reazione viscerale davanti a una piccola femmina. Mi bloccai, non volevo spaventarla. Non sapevo quanto fossero grandi gli uomini della Terra, ma io ero grosso persino per i guerrieri Prillon. Da sveglia sembrava ancora più piccola e più fragile, impressionate, straordinaria.

"Dove sono?" Mi fissava, ma senza andare nel panico o provare a scappare. La sua voce era melodiosa e bellissima, e non titubava o tremava per la paura. Era molto rassicurante.

"Sei a bordo di una nave da guerra Prillon, nella stazione medica."

Gli occhi le si spalancarono mentre faticava a mettersi seduta. Poggiò la schiena contro il muro e si strinse il lenzuolo attorno al petto. "Stazione medica? Su un'astronave? Sei un dottore? Oh, mio dio. È qui?"

"Chi?" Mi sedetti sul bordo del letto e mi eccitai vedendo che non si spostava. Volevo toccarla. Dappertutto. Ora che era sveglia, volevo esplorarla, scoprire se il suo corpo era tanto soffice quanto sembrava. Mi chiesi che sapore aveva, se i suoi capezzoli si sarebbero induriti al tocco della mia lingua, se la sua figa era tanto dolce quanto speravo.

"Il mio compagno? La Custode Egara mi ha detto che

il mio compagno sarebbe stato uno dei guerrieri più feroci di Prillon Prime." Il suo sguardo si fissò sul mio e i suoi occhi si spalancarono.

"Lo è." Il petto mi si riempì di orgoglio. Quindi la mia abilità nel combattimento era giunta persino sul nuovo pianeta protetto dalla Coalizione, la Terra.

"È... è grande quanto te?" Si leccò le labbra e io soffocai un gemito. Sapevo che non si stava riferendo al mio cazzo, ma era quella la direzione dei miei pensieri. Il mio cazzo era... grosso, come lei avrebbe presto scoperto.

Vagai con gli occhi sopra il suo viso, giù per la lunga linea del suo collo pallido. "Sì. Assomiglia a me. Mi trovi offensivo, a guardarmi?"

Aspettai con pazienza mentre lei ispezionava gli angoli duri della mia faccia e della mia mascella. Non ero blu o verde come alcuni dei maschi da altri pianeti della coalizione, ma forse ero diverso dagli uomini sul suo mondo.

"Posso vedere le tue mani?" chiese.

Curioso, alzai le mani di fronte a lei e vidi la sua faccia che si faceva rosa. Allungò le mani con esitazione, ma le ritrasse prima di toccarmi. Le mie mani erano il doppio delle sue, ma io smaniavo per il suo tocco esitante.

Lo strano colorito rosa della sua pelle le attraversò il collo e le colorò le guance.

"Perché guardarmi le mani ha fatto cambiare il colorito della tua pelle?"

"Cosa?" Si sorprese e distolse lo sguardo dalle mie mani per guardarmi. "Niente. Stavo – stavo solo provando a ricordare qualcosa." Teneva fermo il lenzuolo sotto le sue braccia e sollevò le punte delle dita per esplorare i lati della sua testa. Notai che delle piccole cicatrici le marchiavano entrambe le tempie.

"Provi dolore? Gli impianti neuronali ti danno fastidio?"

Se la mia sposa provava dolore, avrei richiamato il dottore immediatamente. Mi prendevo cura di quello che mi apparteneva, e scoprii un bisogno inaspettato ma istintivo di proteggere e prendermi cura della piccola donna di fronte a me. Avevo bisogno di proteggerla, persino da me stesso.

"No, quasi per niente. E come un ronzio nella testa." Si acciglò e si toccò la pelle con le dita, tracciando i contorni dei minuscoli impianti permanentemente incastonati nel suo cranio. "Ma ti capisco, quindi penso che funzionino."

Ogni membro della milizia della Coalizione Interstellare aveva degli impianti. Erano programmati per le lingue, e aiutavano il cervello con i calcoli avanzati. Gli impianti erano di vitale importanza per la nostra flotta, ci facilitavano la comunicazione e la comprensione tra gli oltre duecento pianeti membri della coalizione.

Lasciò cadere le mani sul letto e mi guardò. "Quando lo incontrerò?"

"Presto. Sei spaventata?"

Si morse il labbro. "Un po'." Mi scrutava attentamente, soffermandosi sui miei occhi e sulle linee taglienti dei miei zigomi.

"Sono diverso dagli uomini della Terra?" chiesi.

Sospirò. "No, non molto. Sei molto più grande, e la tua faccia ha angoli più aspri." Sollevò una mano verso di me come volesse esplorare la forma della mia faccia, ma se la fece ricadere in grembo prima di toccarmi. Perché aveva tanta paura di toccarmi? Ah, certo, non sapeva che ero io il suo compagno.

"La tua pelle è un po' diversa. Più scura, come se fossi stato fuori al sole."

"Sei tu quella con la pelle che cambia colore," dissi.

Guardai la sua pelle pallida cambiare colore un'altra volta.

"Mi capita di arrossire quando... sono nervosa. O imbarazzata."

"Ah." Era una risposta corporale più che ragionevole, qualcosa che mi avrebbe aiutato a comprendere i suoi stati d'animo. "Che succede quando sei eccitata?"

Arrossì... diventando d'un rosa ancora più delizioso. "Io –"

Le parole le morirono in gola mentre i nostri sguardi si bloccavano l'uno nell'altro, e non riuscii più a nascondere il mio bisogno di toccarla. Si avvolse i seni con le braccia, allarmata. "Sei tu, non è vero? Sei tu il mio compagno."

"Sì, Hannah Johnson dalla Terra. Sono il comandante Zane Deston. E tu sei mia." Mi sporsi in avanti e le presi le mani, tenendole ferme sul suo grembo mentre mi avvicinavo sempre di più. Il dottore sarebbe ritornato presto, ma il bisogno che avevo di lei sbaragliò le mie inibizioni. Non potevo più aspettare. "E ora ti assaporerò."

$\mathcal{H}$ annah

IL MIO nuovo compagno era enorme, più grosso di ogni uomo che avevo frequentato sulla Terra, alto quasi due metri con delle spalle e delle cosce massicce. Portava una spessa armatura, nera e marrone, ricoperta da uno schema mimetico simile a quello usato dai militari sulla Terra. Nemmeno un po' flaccido. I suoi occhi erano color ambra scura erano notevoli. Gli angoli delle sue guance, del naso e della mascella erano forse un po' più duri di quelli di un umano, ma stranamente attraenti. Il suo sguardo era intenso e attento, e vi scorgevo lussuria, una lussuria feroce e indomita, e mi si indurirono i capezzoli al di sotto del lenzuolo mentre mi stringeva con le sue grandi mani. Questo uomo magnifico era mio. Mio! Sembrava proprio ciò che era: un predatore. Un guerriero.

Qualcuno che mi avrebbe tenuta al sicuro.

Avevo le mani intrappolate in grembo, facilmente bloccate dalla presa salda del mio nuovo compagno. Si sporse in avanti per *assaporarmi*. Non ero sicura di cosa volesse dire fino a quando le sue labbra non si poggiarono sulle mie e la sua lunga lingua ruvida mi invase la bocca.

Il suo bacio – il bacio di Zane – non era come quello dei ragazzi della Terra. Mi premette la testa contro il muro e pretese una risposta, tenendomi ferma mentre mi razziava e mi esplorava la bocca. Il suo bacio mi rubò l'aria e la ragione, e la sua lingua stranamente lunga avvolse la mia e la tirò con gentilezza.

Potevo solo immaginare quella lingua lunga dentro la mia figa, che mi stuzzicava il punto G fino a farmi urlare, o che vibrava duramente sul mio clitoride. Potevo immaginare le ruvide fibre che mi leccavano e mi succhiavano i capezzoli, mentre il suo cazzo mi riempiva fino quasi a farmi male, le sue larghe mani mi tenevano ferma, mi impedivano di muovermi, mi impedivano di resistere.

Il mio corpo era come un filo scoperto, all'erta e conscio del mio compagno. Riuscivo a respirare a malapena. Il suo bacio mi fece sciogliere, non provai a combattere la sua stretta. Invece, accolsi la spinta aggressiva della sua lingua nella mia bocca e la presa d'acciaio delle sue mani. La mia figa si contrasse e pulsò calda, e la prova bagnata della mia eccitazione mi inzuppò le cosce. I ricordi mi inondarono con il profumo esotico della sua pelle, e il mio corpo rispose come se ancora mi trovassi nel simulatore del centro di elaborazione, e sentivo su di me il tocco di un altro guerriero.

Poteva prendermi lì, subito, e non ero sicura di voler resistere. Questo guerriero era mio. Mio. *Mio*.

Non riuscii a trattenere il soffice gemito che mi scappò dalla gola, e non riuscii a dire al mio cuore di smettere di battere furiosamente. Continuò ad assaporarmi, ancora e ancora, fino a quando non cominciai ad ansimare e divenni di pezza tra le sue braccia.

Quello era il mio compagno, il mio abbinamento, *l'unico uomo* in tutto l'universo che fosse perfetto per me. Ogni parte di me voleva arrendersi a lui, voleva lasciarsi andare e lasciare che qualcun altro si prendesse cura di me, una volta tanto. In passato avevo sentito l'urgenza di sottomettermi, e i risultati erano stati disastrosi. Il mio ultimo fidanzato sulla Terra mi aveva usata, non gli era mai importato di me. Mi aveva fatto così tante promesse, col suo atteggiamento da maschio alfa e la sua dominazione sessuale che mi ero arresa e mi fidavo. Questa debolezza che avevo per gli uomini aggressivi, che si prendevano tutto quello che volevano fino a distruggermi, mi aveva tradita più volte.

Mi staccai da lui, ero spaventata dal potere che subito aveva avuto su di me e, ancora di più, ero spaventata da me stessa. Non sapevo nulla di lui. Come facevo a fidarmi di lui così velocemente? Era una cosa stupida, da debole, accoppiamento alieno o meno. Il computer al centro elaborazione aveva detto che quest'uomo, quest'alieno, era l'uomo perfetto per me. Quasi al 100%. Ma se si sbagliava? Se aveva mentito nella sua applicazione, o era un approfittatore come tutti gli altri uomini della mia vita? In fondo, anche mio fratello mi aveva usata. Era più contento di sacrificarmi e farmi diventare una sposa interstellare così da non dover lavorare per ripagare i suoi debiti. Lo avrei fatto in ogni caso, non per lui, ma per i miei nipoti. Senza questi soldi, sarebbero stati venduti a uno di quei criminali con cui mi fratello si era indebitato.

Provai a respirare più lentamente, a fermare il cuore che mi batteva all'impazzata. Persino il suo profumo, qualcosa di legnoso, mi stimolava. No. *No!* Non dovevo fidarmi degli uomini. E nemmeno del mio corpo, a quanto pareva. Mi aveva tradito così velocemente, si voleva arrendere a questo grosso alieno e dargli il controllo completo, mentre piegavo la testa senza pensare.

"Fermo." Riuscivo a malapena a parlare, ma lui si fermò. La sua bocca stava tracciando la curva del mio collo, quella lingua ruvida mi assaporava come se fossi il suo dolce preferito. Avevo i fremiti su tutta la pelle. Strinsi i pugni sotto le sue mani e cominciai a combattere contro il mio stesso corpo.

Ringhiò di dispiacere e si ritrasse guardandomi dritto negli occhi. "Non puoi mentirmi, compagna. Sento il profumo del dolce miele tra le tue cosce. Sento il cuore che ti batte a mille, e vedo le vene che ti pulsano sul collo. Tu vuoi questo." Si sporse in avanti per avvinghiarsi ancora alla mia bocca, le sue labbra a un centimetro dalle mie. "Vuoi che io ti riempia e ti faccia mia per sempre."

La sua voce profonda mi fece fremere di lussuria. Allentò la sua presa attorno alle mie mani e io mi coprii le labbra in tutta fretta con le dita prima che potesse toccarmi. "So a malapena come ti chiami."

Sospirò. Drizzò la schiena e tirai un sospiro di sollievo.

"È vero, mia piccola saggia. Il tuo cervello sa solo il mio nome, ma il tuo corpo sa molto di più." Sollevò un sopracciglio. "Potrai anche negarlo, ma il tuo corpo non mente. Sono il comandante di questa nave. Mi chiamo Comandante Deston ma tu, compagna, e soltanto tu, puoi chiamarmi Zane."

"Ok. Io mi chiamo Hannah. Non usiamo il secondo nome sulla Terra, a meno che non si tratti di qualcosa di legale o di formale."

Zane annuì e io provai a sorridere, a rilassarmi. Almeno non mi stava forzando – anche se, forse, volevo continuare a baciarlo. Ci sarebbe stato tempo per quello... ma dopo. Ora avevo alcune domande basilari. Mi guardai attorno, la stanza era uguale a quelle negli ospedali sulla Terra. Niente di spaziale. "Siamo d'avvero nello spazio aperto?"

"Sì. Ti abbiamo aspettato prima di ritornare sul fronte. Ora che sei a bordo, ci riuniremo agli altri in battaglia."

Tutto il calore che mi aveva riempito il corpo sparì all'istante. Il fronte? Nave? Battaglia? Sapevo che le spose Prillon erano tenute sulle navi da battaglia. Lo sapevo prima di arrivare. Ma trovarmi per davvero intrappolata su una nave durante una battaglia vera, dove le cose esplodevano e la gente moriva – era terrificante. Niente di astratto, non più. Pericoloso e spaventoso e reale. "Non posso andare in battaglia. Devo aver commesso un errore. Voglio andare a casa." Provai a muovermi e a scendere dal letto, ma capii che non sarei andata avanti, mentre il corpo massiccio di Zane mi bloccava la via. Mi ricordai anche di essere nuda sotto il lenzuolo.

Mi guardò male. Quell'espressione trasformò i tratti del suo viso in quelli di un predatore. Mi spaventai, sentii gli occhi che mi si spalancavano mentre provavo a scostarmi da lui. Quello sembrò farlo arrabbiare ancora di più. Il suo sguardo si scurì e le sue narici si infiammarono. "Tu non vai da nessuna parte, né dirai di nuovo di volermi lasciare. Ho assaporato il desiderio, Hannah. Siamo compatibili."

"Ma... la battaglia?"

"Sei spaventata," commentò, con gli occhi che mi guardavano attentamente.

"Certo che sono spaventata! Siamo su una nave in mezzo allo spazio, in mezzo a una guerra. Non voglio morire." Il cuore mi batteva nel petto e mi mossi sotto la salda presa di Zane, con il sapore amaro del panico che mi inondò la bocca.

"Silenzio." Sollevò una mano. "Sei perfettamente al sicuro, Hannah. Questa è una nave da guerra Prillon. La mia nave da guerra. Non abbiamo mai perso una battaglia, piccola mia. Non mettere in dubbio la mia capacità di proteggerti."

Scossi la testa. D'improvviso rividi davanti a me decine e decine di scene di guerra dei film di fantascienza. "Che succede se le navi vengono distrutte? O fatte esplodere? E se la tua nave viene invasa dagli alieni e ci fanno prigionieri? Se vengo trasportata su un'altra nave? E se tu vieni ucciso e un altro uomo prova a reclamarmi?"

"Io sono il *tuo* compagno, e non ne avrai un altro. Solo qui sei al sicuro – solo con *me* sei al sicuro. Il tuo compagno. E non devi preoccuparti di ritrovarti da sola. Ho nominato un secondo, come usanza vuole. Sarai sempre protetta. Sempre." Mi accarezzò il collo con un dito e aggiunse: "Sono stato troppo tenero con te. Ora capisco perché i protocolli per la rivendicazione di una sposa sono messi per iscritto. Non li infrangerò di nuovo, né ti darò una scusa per scegliere un altro compagno." Mi afferrò il mento e lo sollevò. Incrociai il suo sguardo ambrato. "Perdonami, compagna. Mi prenderò cura di te, come avrei dovuto fare fin dall'inizio. Non ti deluderò di nuovo."

Per qualche motivo, i suoi lunatici sbalzi d'umore, da sessualmente aggressivo a rabbioso, a tenero, mi fecero bruciare gli occhi. Che diamine di problema avevo? Era la possibilità di morire da un momento all'altro? Era stato il trasporto? Mi aveva scombussolato il cervello? Non sapevo cosa dire, così annuii e basta.

"Brava ragazza." Si alzò, e subito sentii la mancanza del calore della sua gamba poggiata contro la mia coscia. Quando si voltò, mi leccai le labbra, là dove il suo sapore esotico persisteva attorno alla mia bocca.

Andò alla porta, aspettò che si aprì, e annuì a qualcuno che non riuscivo a vedere. Si voltò di nuovo e un altro maschio entrò dopo di lui. Erano abbastanza simili, ma l'altro guerriero Prillon aveva degli occhi grigio scuro. Non portava la stessa armatura a chiazze di Zane, ma una verde scuro con uno strano simbolo che non riconobbi.

"Questo è il dottor Mordin. Finirà di esaminarti."

Mi bloccai e mi strinsi il lenzuolo contro il petto. "Mi hanno già esaminato sulla Terra. Hanno visto che sto bene. Vi hanno mandato il rapporto."

Zane incrociò le braccia e sollevò un sopracciglio.

"Hannah, obbedisci e lascia che il dottore finisca di esaminarti. Devo prendermi cura di te, hai viaggiato attraverso tre centri di trasporto per arrivare qui. Non trascurerò la tua salute."

"Hai detto che stavamo andando in battaglia. Non dovremmo concentrarci sulle cose veramente importanti? Come pulire le vostre pistole laser, o cose del genere?"

Fece un passo in avanti e dovetti sollevare lo sguardo. "Non so cosa sia una pistola laser, ma non importa, compagna. Non c'è *niente* di più importante di te."

"Ma... ma io sto bene. Io –" Zane ringhiò, e mi mancarono le parole.

"Ti rifiuti di obbedire?" Il tono di Zane era brusco, ma il dottore ridacchiava nascondendosi dietro qualunque cosa fosse quello strano aggeggio che teneva in mano.

Obbedire? Era chiaro che il potente *Comandante* Deston non fosse abituato a sentirsi contraddire, ma ora non volevo che un altro stupido alieno mi toccasse, anche se era un dottore. "Non ho bisogno di un esame."

"Ti stai comportando come una bambina viziata."

"No, non è vero."

"Hai bisogno di una lezione di disciplina Prillon, piccola mia. Pensavo che le regole della tua sottomissione fossero incluse nella tua preparazione al trasporto, così come il tuo corpo è stato preparato per le nostre usanze."

Preparato? Mi accigliai, spostai il lenzuolo e mi guardai il corpo. Io... non avevo peli sulle gambe. Per niente. Strusciai le cosce l'una contro l'altra, erano... lisce. Dio, che altro avevano combinato per *prepararmi?*

"Questo dev'essere corretto immediatamente. Invece di *sapere* quel che ti aspetta e di obbedire, ti verrà *mostrato* cosa succede quando non lo fai. Sei la mia compagna e io, in quanto comandante di questa nave, devo dare l'esempio ai miei guerrieri. Non tollererò una compagna disobbediente."

Che diavolo –

Attraversò la stanza con due falcate mi strappò il lenzuolo dalle mani. Gridai, ma il mio volto stoico era freddo e duro come il ghiaccio, del tutto immobile. Prima ancora che riuscissi a pensare di strusciare fuori dal letto, mi aveva già raggiunta. Fui sollevata, rigirata e poggiata sulle sue gambe a faccia in giù senza il minimo sforzo. Le mie gambe erano intrappolate sotto la sua coscia sinistra, il mio stomaco premeva su quella destra, e il mio sedere nudo, all'infuori, come quello di una ragazzaccia che voleva –

Wow. Da dove m'era venuto quel pensiero?

"Che stai facendo? Lasciami andare!" Ero mortificata. Il dottore era ritto in piedi dietro di me, con una chiara visuale del mio culo e della mia figa. Le gambe di Zane mi bloccavano con la forza di una montagna, e il suo braccio destro premeva contro la mia schiena nuda e mi teneva ferma.

"Non mi disobbedirai, compagna. Non posso permetterti di ignorare la tua stessa salute. Né posso lasciare che mi manchi di rispetto davanti all'equipaggio."

"Va bene. Capisco che stai facendo sul serio. Mi dispiace. Lasciami andare."

Mi rispose con un forte *smack* sulla mia natica destra. Faceva male.

Mi stava sculacciando! "Ahi! Che stronzata! Lasciami –"

Smack.

Ora anche la natica sinistra mi doleva, e potevo sentire la faccia che mi diventava rossa. La rabbia corse dentro di me mentre lui continuava a colpirmi, ancora e ancora, con un ritmo stabile, e il mio sedere nudo passò dal pizzicare dolorante al bruciare costantemente.

Con mio orrore, il bruciore mi avvampò tutto il corpo facendomi contorcere, ma non di rabbia, ma smaniando per il contatto fisico, per altri input sensoriali, per averne di più. Avevo i capezzoli turgidi, e il mio corpo era come se fosse sovraccarico di sensazioni mentre lui cambiava tattica, smettendo di colpirmi ma massaggiandomi con il suo palmo enorme sulla carne tenera e riscaldata, come se stesse accarezzando il suo gattino preferito. Così dolcemente, così gentilmente, come se fossi preziosa e fragile. Quel cambiamento mi fece sentire arrabbiata e confusa.

"Se fossi rimasta zitta, compagna, adesso avrei finito. Ma mi hai insultato, e nessuna sposa Prillon parla al suo compagno in quel modo. Mi obbedirai, in tutto e per tutto. Non ti sminuirai, né ti mancherai di rispetto lasciando che quel linguaggio da sciocchi esca dalle tue labbra perfette. Ti prenderai cura di te stessa come se tu fossi la creatura più preziosa su questa nave perché, per me, è proprio questo che sei."

La sua carezza mi calmò, ma le sue parole mi resero ancora più inquieta. Non sapevo perché, ma mi sforzai di nuovo di scappare. Mi contorsi e mi spinsi contro il letto con tutta la forza che avevo, ma era come spostare un macigno. Non mi stava facendo male, ma non potevo muovermi.

"Questo è per la tua sciocca bocca, piccola mia." Mi

colpì di nuovo, questa volta sulla parte posteriore delle cosce, là dove incontravano la curva del mio sedere nudo. Quell'area era estremamente sensibile, e la sua grande mano che mi colpiva mi fece venire le lacrime agli occhi. Continuò a sculacciarmi duramente sulle cosce, e non si fermò fino a quando non fui in lacrime, inerme tra le sue braccia. Ero così confusa, ferita, e non capivo perché mi facesse questo.

Quando Zane finalmente mi lasciò andare, non provai a muovermi. Non sapevo cosa fare. Quello stupido dottore era sempre lì, che guardava tutto, e io mi sentivo perduta. Volevo solo rannicchiarmi nel grembo di Zane, lasciare che mi accarezzasse di nuovo e che mi parlasse con quella sua voce soffice, facendomi sapere che sarebbe andato tutto bene.

Come facevo a cercare conforto in Zane, quando era stato lui a farmi arrabbiare? Stavo uscendo fuori di testa.

Mi girò e mi riposizionò fino a quando non fui esatta-mente dove volevo essere, ma che non avrei avuto il coraggio di chiedere: al sicuro, protetta dalle sue grandi e forti braccia. Non riuscivo a trattener le lacrime, e lui mi strinse in silenzio mentre piangevo, con la mano che mi accarezzava con gentilezza lungo la schiena nuda.

Passarono diversi minuti. Poi il mio pianto si trasformò in singhiozzi e tirate di naso. Non cercavo più di capire cosa stesse succedendo. Ero stata trasportata attraverso la galassia, mi ero lasciata alle spalle tutto quello che conoscevo e mi ero svegliata con un alieno che mi baciava senza pensare, e che poi mi aveva sculacciata semplicemente perché avevo osato discutere con lui e avevo detto una parolaccia.

Pensai al dottore, ed effettivamente aveva senso. Se Zane avesse attraversato la galassia per giungere sulla Terra, anche io avrei voluto che si sottoponesse a degli esami medici. A lui ci tenevo, e mi sarei preoccupata. Aveva senso. Tranne che... come poteva importarmi di lui se ci eravamo appena incontrati?

"Sei pronta a farti dare un'occhiata dal dottore? Dobbiamo essere sicuri che tu stia bene e che non ci siano state conseguenze negative in seguito al trasporto." La sua voce era gentile, ma c'era dell'acciaio dietro quelle parole. Sapevo che, se avessi detto no un'altra volta, sarei tornata dritta sulle sue gambe per prendermi un'altra sculacciata.

"Va bene. Sì."

"Brava ragazza."

Perché quelle parole mi rendevano felice? Perché tutto d'un tratto *volevo* compiacerlo, lui, un completo sconosciuto? Oh, ero sempre stata suscettibile ai maschi alfa, al desiderio fondamentale, basilare, di avere qualcuno che si prendesse cura di me e mi proteggesse. Ma mi ero scottata, con gli uomini, e più di una volta. E Zane lo conoscevo a malapena. Perché il mio corpo si comportava come se lo conoscessi, come se già mi fidassi di lui? Sembrava che il mio corpo stesse sviluppando una volontà tutta sua, e non ero certa di essere d'accordo con lui.

"Ora ti metterò sul lettino. Rilassati, e lascia che il dottore faccia il suo lavoro." Il suo tono era calmo e gentile, come se i minuti precedenti, i suoi colpi sul mio sedere nudo, non fossero mai esistiti.

Annuii e mi asciugai l'ultima lacrima. Lui si alzò

tenendomi tra le braccia e mi strinse con gentilezza, come se veramente fossi preziosa, poi si voltò e mi depose sul letto. Non mi sistemò vicino alla testata del letto, ma vicino al fondo, col culo che mi penzolava fuori. Mi tenne le gambe ferme mentre il dottore tirava fuori due staffe da un qualche nascondiglio. Il dottore annuì, Zane mi mise i piedi sulle staffe e fece un passo indietro.

Cazzo. Un esame ginecologico? Adesso?

4

H annah

DELLE STAFFE. Il culo che mi penzolava fuori dal lettino.
Uno sconosciuto in mezzo alle gambe.

Conoscevo questa situazione fin troppo bene. Per un
momento pensai di protestare, ma poi mi fermai prima di
finire un'altra volta sulle sue gambe. Il sedere e le cosce
ancora mi dolevano a causa delle sue sculacciate, e non
ne volevo altre.

Feci un respiro profondo, ed espirai lentamente. Sulla
Terra ci ero già passata parecchie volte. Diavolo, almeno
una volta l'anno da quando avevo sedici anni. Potevo
sopportarlo, se ciò faceva felice il dottore, il mio compagno, e mi faceva schizzare fuori da questa cavolo di stanza
medica.

Il dottore si posizionò in mezzo alle mie gambe. Sul

volto aveva una piatta espressione clinica, il che fu di aiuto. "Faremo presto, Lady Hannah."

Incrociai brevemente lo sguardo dell'uomo, poi guardai in su verso il soffitto metallico, e notai i bulloni che lo tenevano al suo posto. Mi rifiutai di guardare quegli uomini. "Va bene."

Mortificata, mi distesi e mi coprii gli occhi con il braccio. Il mio corpo, nudo, tutt'intero, era in bella mostra, la figa aperta ed esposta al di là del bordo del tavolo, di fronte non ad uno, ma a ben due estranei, due uomini alieni. E, a peggiorare le cose, il mio sedere era ancora rosso per le sculacciate di Zane.

Sentii Zane che si muoveva, ma non capii cosa stesse facendo fino a quando non si sistemò sul letto, mi sollevò la testa e la posò nel suo grembo. Mi scoprii gli occhi e lo trovai che mi guardava. Ignorava il dottore. "Dammi la mano, compagna."

Non avevo capito quanto avessi bisogno di essere riassicurata fino a quando Zane non mi prese la mano sinistra e me la strinse con gentilezza. D'improvviso, non mi sentivo più sola su questa strana nave piena di guerrieri alieni.

"Puoi iniziare, dottore. È pronta." Parlò all'altro uomo senza smettere di fissarmi.

Ignorai le mani calde sulle mie cosce. Ignorai il freddo del lubrificante che mi spalmava in mezzo alle gambe. Ignorai anche la punta dura e smussata dell'oggetto che il dottore mi inserì nella vagina. Mi aspettavo di essere allargata, come al solito, ma fui sorpresa quando l'oggetto andò fino in fondo, dentro di me, e mi premette contro l'utero. Sussultai.

"Shhh, compagna. Presto sarà tutto finito." La mano destra di Zane mi si poggiò sulla spalla e, mentre lo guardavo, i suoi occhi si scurirono con uno sguardo che riconobbi. Lussuria.

"È pronta, comandante?" Mi sentivo confusa. Pronto per cosa? Si usava così? Il dottore parlava a Zane invece che a me? Ero io quella che era nuda, con le gambe spalancate e uno spesso oggetto duro che mi riempiva la figa.

"È pronta," rispose.

"Cosa? Pensavo –" Sussultai e un secondo oggetto cerchiò il piccolo fiorellino tra le mie natiche. Il dottore prese qualcosa di piccolo, forse non più grande di una cannuccia, e lo infilò in quel buco stretto, e io sentii qualcosa che zampillava dentro di me, come se fossi riempita da un liquido caldo. *Lì dentro.*

Dopo quella che era sembrata un'eternità, il dottore rimosse il piccolo oggetto e mi accorsi che stavo ansimando e stavo stringendo la mano di Zane così forte che forse gli stavo facendo male. "Che razza di esame è questo? Non penso di essermi fatta male lì durante il trasporto!"

Gli uomini mi ignorarono, e il dottore disse: "Sta' ferma, Lady Hannah, non voglio farti del male."

Il suo avvertimento mi risuonò nelle orecchie. Mi bloccai. Premette qualcosa di duro e freddo contro quell'apertura vergine.

"Respira, Hannah." Zane mi accarezzò la spalla con la mano destra, un gesto rassicurante, e io provai ad ascoltarlo mentre il dottore spingeva lentamente l'oggetto dentro di me. Mi allargò, i tessuti e i muscoli non erano abituati a quell'invasione. Mossi la testa a destra e sinistra, e la pressione continuava lenta.

"Zane, ti prego," sobbalzai. "Che sta facendo?"

"Va tutto bene. Quasi finito." Il dottor Mordin mi massaggiò le cosce come per confortarmi, ma mi sentivo così umiliata, così nuda, diamine. Avevo un enorme aggeggio dentro la figa, e ora un altro, più piccolo, su per il culo. Non mi ero mai sentita così piena, o allargata, o esposta.

L'oggetto scivolò oltre i muscoli interni e il bruciore diminuì. Guardai in basso per controllarmi la figa. Potevo vedere un oggetto lungo e nero che spuntava fuori dal mio corpo, ma era strano, con una sezione a gancio che restava fuori e si incurvava verso l'alto. Non ero sicura di cosa mi avesse messo nel culo, ma potevo sentirlo. Mi contrassi attorno a entrambi quegli oggetti duri.

Dio, sì che potevo sentirlo. Poggiai la testa sulla coscia di Zane e distolsi lo sguardo fissandolo sullo spoglio muro argentato. Non riuscivo a guardare Zane negli occhi, temevo che avrebbe scorto la guerra che infuriava dentro di me. Avrei dovuto vergognarmi. Arrabbiarmi. Combattere contro tutto questo.

Invece, sentivo la mia figa che si bagnava, mentre desideravo che il dottore smuovesse l'oggetto che mi aveva infilato dentro. Volevo che mi scopasse con quell'oggetto, che lo tirasse fuori e lo rimettesse dentro mentre Zane ci guardava. Volevo sollevare i fianchi e implorare il dottore di mettere la sua bocca su di me mentre Zane mi teneva ferma. Questa parte di me, bisognosa e oscura, voleva essere bloccata e presa da entrambi gli uomini, proprio come in quella simulazione nel centro di elaborazione. Volevo la lingua di Zane sui miei seni, la sua mano sulla mia gola mentre il dottore mi faceva venire con i suoi aggeggi.

Oh, Dio. Che c'era di sbagliato in me? Forse questi uomini avevano ragione a preoccuparsi per la mia salute, che fosse successo qualcosa durante il trasporto. Altrimenti non mi sarei sentita così, no di certo.

Gemetti, imbarazzata, umiliata e confusa. Non sapevo cosa fare. Non sapevo come gestire queste oscure rivelazioni.

"Shhhh," mi disse Zane confortandomi. "Va tutto bene, Hannah. Mi prenderò io cura di te. Nessuno ti farà mai più del male. Hai la mia parola."

La soffice promessa di Zane minacciò di infrangere la mia fragile volontà. Se solo avessi potuto credergli. Se solo avessi potuto fidarmi di lui e dirgli quello di cui il mio corpo aveva bisogno. Ma avevo già sentito quelle parole, prima d'ora. Da un bugiardo traditore, un uomo che mi aveva usata per ottenere la mia –

"Ahh!" Inarcai la schiena, mentre una fortissima suzione veniva applicata sul mio clitoride. Ansimai. Sollevai la testa e vidi che il dottore aveva abbassato il pezzo incurvato e lo aveva attaccato alla mia protuberanza rigonfia. Il congegno per la suzione era attaccato al dildo nero con una corda lunga e flessibile. L'oggetto vibrava e succhiava, e mi sentivo il corpo in fiamme. Tremai sentendo il bisogno che cresceva dentro di me, non importava quanto duramente provassi a combatterlo.

Che cazzo?

"Questo non è un esame medico!" urlai provando a riprendere fiato. "È sbagliato, è sbagliato, Zane!" Gridai per farli fermare, ma dentro di me li imploravo di continuare.

Zane mi teneva giù. Si sporse su di me per rispondermi. Riuscivo a vedere solo la sua faccia spigolosa.

"Dobbiamo testare la risposta del tuo sistema nervoso alla stimolazione sessuale, compagna. Lasciati andare, Hannah. Devi venire per il dottore."

"Cosa? Perché?" Sussultai. L'oggetto cominciò a vibrare più forte. Venire per il dottore? Avere un orgasmo mentre lui –

"Oh, Dio."

Il dottore sfilò l'oggetto scanalato fuori dalla mia vagina, e subito lo rinfilò con un unico, agile gesto. E poi ancora. E ancora. Sollevai i fianchi dal tavolo per andare incontro ai suoi colpi. Non potevo farne a meno. Non controllavo più il mio corpo. Mi aveva conquistato. Non ero più Hannah Johnson dalla Terra. Non ero nessuno. Non avevo nessuna identità. Ero solo un corpo, una donna che aveva bisogno di venire.

"Così, Hannah. Lasciati andare." Zane si sporse sopra di me e mi leccò il capezzolo, proprio mentre la suzione si faceva più intensa. Il dottore continuava a scoparmi con quell'aggeggio nero, con la lunga corda attaccata al dispositivo per la suzione che si piegava e si fletteva, mente lui si muoveva. La sensazione sul mio clitoride non diminuiva, e il mio corpo era teso come la corda di un arco. Ero al limite, così spaventata da non poter respirare. Non potevo farlo. Era troppo intenso. Troppo perché potessi trattenermi.

"No! È troppo. Zane... è, oh, mio Dio. Non posso –"

Sbattei la testa contro le sue cosce. Cominciai a sudare, e mi sentii tutta calda e arrossata.

La mano destra di Zane mi scivolò sulle cosce e mi tirò la gamba via dalla staffa, allargandomi ancora di più, aprendomi per le attenzioni del dottore. Gemetti e gli toccai i capelli con la mano libera, stringendoli e tirandoli, aggrappandomi a loro, la mia unica àncora in quell'uragano di sensazioni.

Zane sollevò le labbra dal mio capezzolo e mi baciò su tutto il petto. "Fallo, dottore."

"Sì, comandante."

Quelle due parole furono il mio unico avvertimento. Il dottore infilò il dildo dentro la mia figa ancora più a fondo, ancora più veloce, mentre con l'altra mano smuoveva l'oggetto che avevo nel culo. I suoni del mio desiderio, bagnato e appiccicoso, riempivano la piccola stanza. La macchina attaccata al mio clitoride accelerò, e Zane cominciò a succhiarmi forte il capezzolo che aveva trascurato.

Il mio corpo si infranse. Esplosi, i miei nervi così sovraccarichi che tutto il mio corpo fremette, e vidi letteralmente le stelle mentre la vista mi si appannava in un'oscurità profonda. Gli spasmi della mia figa andavano avanti, ancora e ancora, contraendosi attorno gli aggeggi che il dottore mi aveva infilato su per il culo. Mi sentivo così piena, e non potei fare a meno di venire, allargata e indifesa e fuori controllo. Dei piccoli spasmi di piacere caldo mi fecero contrarre attorno a quegli aggeggi, ancora e ancora, fino a che non mi sentii esausta e inerme, fino a che non avevo più la volontà di alzare la testa dal grembo di Zane, per non parlare di protestare contro il piacere che avevo appena provato.

Lentamente, ritornai alla realtà. I baci gentili di Zane sul mio petto e sulle mie spalle erano come adoranti. Il dottore rimosse con gentilezza la sua apparecchiatura. Sibilai mentre quello che avevo nel culo mi allargava e poi scivolava fuori. A un tratto mi sentii vuota. Mi irrigidii attorno... al nulla.

Il dottore uscì in silenzio dalla stanza lasciandomi da sola con il mio nuovo compagno e quel dolore caldo che mi umiliava e mi infiammava la faccia e la gola. Che diamine di problema avevo?

Cominciai a piangere, non potevo controllare le mie lacrime. Era come se il mio corpo stesse piangendo per conto suo perché si sentiva completamente sopraffatto.

"Brava, Hannah, brava." Zane mi avvolse con il lenzuolo e mi depose sul suo grembo. Il dottore rientrò. La carne tenera che aveva sculacciato si scaldò strusciando contro le cosce ruvide di Zane. Mi irrigidii e girai la testa. Il dottore si mise in piedi davanti a me e posò una piccola scatola sul lettino, proprio accanto a noi. La mia attenzione fu catturata dall'altro oggetto che il dottore stringeva in mano. Un lungo pezzo di stoffa nero. Sembrava uno spesso nastro di raso.

"Hai superato i test medici, Lady Hannah. I sensori hanno rivelato che il tuo sistema nervoso funziona alla perfezione, che sei in salute e fertile."

Volevo dire qualcosa di sfacciato, tipo *Cacchio, ma grazie tante*, ma mi fermai. Avevo il sedere dolorante, dentro e fuori, e volevo andarmene via da quel dottore, il più lontano possibile.

Entrambi gli uomini rimasero in silenzio. Finalmente, sollevai la testa e guardai quello che il dottore aveva in mano. "Che cos'è?"

"Ti sei guadagnata il diritto di diventare una sposa Prillon. Congratulazioni, Hannah. E benvenuta, mia lady. Una volta che avrai reclamato il tuo posto tra di noi, saremo tutti tuoi. Tutti i guerrieri Prillon ti onoreranno, combatteranno per te, e moriranno per proteggerti."

Mi sentivo così confusa. Un orgasmo forzato mi aveva fatto guadagnare il diritto di essere una sposa Prillon?

Osservai l'oggetto, sembrava un collare. Lo presi dalle mani del dottore. "Che cosa ci faccio con questo?"

"Te lo metti attorno al collo così che tutti possano vederlo. Adesso è nero, ma una volta che avrai scelto il tuo compagno e avrai accettato la sua rivendicazione, la fascia diventerà del colore di quello del tuo compagno e si espanderà per operare come sistema regolatore corporale Prillon."

Non volevo sapere che cosa volesse dire. Non adesso. Non potevo sopportare altro.

Guardai Zane, e solo ora notai la fascia rosso scuro attorno al suo collo. La sua armatura la nascondeva parzialmente. Distolsi lo sguardo, incapace di gestire ulteriori informazioni. "Puoi andartene adesso? Per favore?"

Mi passò la mano sul braccio. "Non possiamo lasciare il santuario della stazione medica se non indossi questa fascia. Senza, saresti in pericolo, ogni maschio potrebbe provare a reclamarti."

"Ma, se è nero, non vuol dire che ancora non ho scelto? Qual è la differenza?"

Il dottore sogghignò. "La differenza, mia lady, è che una fascia nera significa che ti trovi attivamente nel periodo di rivendicazione con un compagno e il suo secondo."

"Ancora non vedo la differenza."

"Hannah, significa che io ti ho scelto." Lo sguardo di Zane incrociò il mio e il crudo possesso che scorsi nei suoi occhi mi fece volare centinaia di farfalle nello stomaco. Nessun uomo mi aveva mai guardata così, come se fossi l'unica cosa importante nell'universo. "Se un uomo osasse toccarti o mancarti di rispetto, lo sfiderei a un duello mortale." Il soffice ringhio di Zane mi fece sentire amata e speciale allo stesso tempo, perché sapevo che quel fuoco e quegli istinti primitivi erano tutti per me. Mi passò il pollice sul labbro inferiore e mi sussurrò il suo giuramento solenne: "Solo io e il mio secondo possiamo toccare il tuo corpo perfetto, Hannah. Chiunque altro? Lo ucciderei."

Secondo? Lo aveva menzionato più volte. Ma, prima che potessi chiedere spiegazioni, la porta sì aprì e mi feci tutta tesa vedendo altri due guerrieri entrare nella stanza. Uno era giovane e bello. L'altro sembrava più anziano; la sua faccia era rugosa e dura, il colorito della pelle spento, ben lontano dall'abbronzatura dorata di Zane. La fredda espressione che aveva l'anziano mentre mi guardava mi fece venir voglia di arrampicarmi sul mio compagno e nascondermi dietro il suo enorme, formidabile corpo. Mi strinsi le lenzuola attorno al corpo.

L'uomo anziano parlò, e le sue parole mi fecero irrigidire. "È tardi per l'esame medico, comandante? In quanto consigliere personale del principe Nial e padre onorato della sua futura consorte, speravo ardentemente di poter condividere con lei le gioie del protocollo di elaborazione delle spose." Mi adocchiò, e il suo sguardo era tutto fuorché amichevole. Era ovvio che avrebbe voluto guardare, va bene. E non perché gli importasse granché della mia salute.

La tensione nel petto del mio compagno si trasmise al mio corpo esausto, e cominciai a tremare tra le sue braccia.

"L'esame è finito, Harbart. La mia sposa sta bene. Non aspetterò ulteriormente, la porterò subito nei miei alloggi privati. Sono sicuro che capirai."

"Certo, certo. Che delusione, però. Dovremo informare il Prime che ce la siamo persa, giusto, Principe Nial?" Harbart fece un passo in avanti ma si fermò quando Zane gli ringhiò contro. Harbart sollevò le mani, come per arrendersi, ma il bagliore che vedevo nei suoi occhi mi bloccò il fiato in gola. Continuò: "Oh, Comandante. La sua compagna non ha la fascia attorno al collo. Difatti, la ha già rifiutata?"

La tensione nell'aria era tale che quasi non respiravo. Guardai la fascia nera nelle mie mani e la sollevai veloce sul mio collo. Non c'era nessun gancio, ma non appena unii le due estremità subito si chiusero, e la fascia mi si sistemò attorno al collo e si risistemò diventando come una seconda pelle.

Zane si rilassò immediatamente, e sentii che il mio corpo si rilassava allo stesso modo. Lo avevo accontentato, e forse avevo anche fatto incazzare il vecchio sporcaccione che mi guardava come se gli avessi portato via il suo giocattolo preferito.

"Ah, errore mio, comandante." Si inchinò leggermente, la sua lunga vestaglia marrone si ammucchiò sul pavimento proprio davanti ai suoi stivali. "Mia lady, benvenuta sulla Corazzata Deston. Spero di poterla rivedere ancora."

Girò i tacchi e mi lasciò da sola con il dottore, il principe e il mio compagno, che cominciò subito o a ringhiare contro il principe non appena la porta si chiuse.

"Tieni quell'uomo lontano dalla mia compagna, cugino, o lo ucciderò."

Il bel principe portava un'armatura da battaglia come quella di Zane, ma di un marrone più scuro e un po' di nero. Era grosso e forte, proprio come il mio compagno, e mi guardava con occhi gentili e interessati.

"Lady Deston, benvenuta."

Rimasi in silenzio, e Zane mi diede un colpetto col gomito per farmi sapere che si aspettava che dicessi qualcosa. "Grazie." Era il massimo che potessi fare. Basta e avanza.

Il principe di Prillon Prime ci lasciò con un inchino, e il mio corpo si sciolse tra le braccia di Zane. Non avevo la forza per resistere o aiutare Zane mentre si alzava tenendomi tra le braccia.

"Ah, comandante. Un'ultima cosa..." Il dottore prese la scatola dal tavolo. "L'esame ha sollevato un problema che dobbiamo risolvere."

Mi accigliai e sentii Zane che si irrigidiva dietro di me. "Oh? Che problema?"

"La sua figa ha già accolto un altro, ma il suo culo non è stato ancora rivendicato. È stretto e vergine."

Arrossii. Era vero; non ero vergine, ma nessuno mi aveva mai fatto niente al sedere prima di quest'esame.

Il dottore teneva la scatola nera tra le mani e tolse il coperchio per mostrarci cosa conteneva.

Mi si spalancò la bocca a vedere la gamma di vibratori anali. Seppi subito di che si trattava perché, anche se non avevo mai fatto sesso anale, non vivevo in una caverna. Il cuore, che solo ora cominciava a rallentare, mi saltò nel petto e non riuscii nemmeno a guardarli, o a pensare a cosa Zane ci avrebbe fatto.

"Cosa... a cosa ti servono?" chiesi.

"Durante la cerimonia, rivendicheremo ogni parte di te. La tua bocca, la tua figa, e il tuo culo. Questi –" Zane indicò il contenuto della scatola "- ti addestreranno ad accogliere un cazzo nel sedere. In quanto tuo compagno, è compito mio preparare il tuo corpo così da non farti provare dolore durante la rivendicazione, ma solo piacere."

Perché parlava al plurale?

Il dottore richiuse la scatola con un click e Zane la prese tra le sue mani.

"Grazie, dottore, per la tua solerzia. Cominceremo l'addestramento non appena torneremo nei miei alloggi."

E ancora quel plurale.

Il dottore chinò la testa.

Zane si mise la scatola sotto il braccio e mi guardò. "Hannah, adesso ti porterò nei tuoi nuovi alloggi."

Sussultai di nuovo e provai a convincere il mio stomaco che non c'era bisogno di sentirsi male o di infiammarsi. Zane mi avrebbe riportata nei suoi alloggi e... mi avrebbe fatto delle cose. Solo a pensare a questo *addestramento* mi si contraeva il sedere. La mia mente mi gridava di correre via, e lontano. Ma il collare attorno alla mia gola si scaldò e pulsò, inviando una veloce ondata di piacere attraverso il corpo.

Non potei fare a meno di sussultare.

Zane sollevò l'angolo della bocca. "Vedo che i nostri collari adesso sono collegati, come dev'essere. D'ora in poi, sentirai il mio piacere, Hannah, e io sentirò il tuo. Il legame non è a piena potenza, ci vuole tempo. Quando la cerimonia di rivendicazione sarà completa, il legame sarà forte e indistruttibile. È solo uno dei vantaggi dell'indossare il collare del tuo compagno. Non avere paura, piccola umana. Ti darò solo piacere, anche quando addestrerò quel tuo culetto vergine." Quando la porta si aprì e lui mi portò fuori, l'unica cosa che potevo fare era tenermi a lui mentre il mio corpo assaporava le piccole pulsazioni del suo piacere. Mi avrebbe fatto tutto quello che voleva, mi avrebbe intrappolata qui, su una nave da guerra aliena nello spazio profondo. E non c'era proprio niente che io potessi farci.

Zane

CAMMINAMMO verso i miei alloggi in silenzio. Hannah contemplò i lucenti muri verdi della stazione medica, le pallide luci blu che illuminavano il pavimento. Ogni sezione della nave seguiva un codice a colori: verde per la sezione medica, rosso per quella di guerra, blu per l'ingegneria, e un marrone e un arancione slavato per le aree comuni e la mensa. I muri del ponte di comando erano neri come lo spazio profondo. Era difficile pensare che per lei questa fosse la prima volta su una nave spaziale. E non era una nave qualsiasi, ma la *mia* nave, e ci stavamo dirigendo al fronte.

Tutti si inchinavano con deferenza al nostro passaggio, prima verso di me e poi, quando vedevano il collare di Hannah, si inchinavano di nuovo, con gli occhi pieni di stupore. Lei nemmeno se ne accorse, intenta com'era a guardarsi intorno. Spalancò gli occhi quando uscimmo dai corridoi verdi e passammo alle pareti arancioni che delineavano l'area della nave dedicata agli alloggi degli ufficiali.

Hannah teneva il lenzuolo sul capo a mo' di cappuccio, stringendone la parte anteriore con una presa salda e modesta. Certo era di fondamentale importanza che non mostrasse a nessun altro il suo corpo nudo, ma dovevo insegnarle tra compagni che non c'era spazio per la modestia. Il suo corpo era mio e del mio secondo, Dare, che ci aspettava nei miei alloggi. Insieme, avremmo condiviso la nostra nuova compagna e le avremmo dato piacere, dove e quando avremmo voluto. Aveva molto da imparare, e io non vedevo l'ora di essere il suo insegnante. E sapevo che Dare era altrettanto pronto.

Non era nata su Prillon Prime. Hannah, con la sua lunga criniera di capelli neri, coi suoi occhi neri, era l'antitesi delle spose dorate del mio pianeta. Era così piccola, aggraziata, formosa! Una sposa dalla bellezza così insolita avrebbe attirato molte attenzioni e sarebbe stata un obiettivo. Ma lei era anche la sposa di un comandante, e questo l'avrebbe messa ancor di più in pericolo. Sarebbe stato impossibile per lei nascondersi tra la folla. Una volta che la sua rivendicazione sarebbe stata completata, il colore del suo collare sarebbe stato uguale a quello dei nostri, mio e di Dare. I nostri erano di un rosso scuro e sanguigno, così come tutti gli altri collari della mia famiglia. Se Hannah avesse voluto, avrebbe potuto nasconderlo sotto a un vestito dal collo alto, ma, a meno di non andare in giro completamente avvolta nei suoi vestiti, il suo colorito drammatico l'avrebbe fatta notare di sicuro.

Strinsi la scatola che avevo in mano e le nocche mi si fecero bianche. Mia madre non aveva soppesato a dovere questa faccenda. Lei aveva in mente l'amore e i nipotini, non gli aspetti tattici della guerra. Né ne sapeva niente dei miei desideri più elementari. Sì, i guerrieri Prillon erano famosi per la loro virilità. Ma la mia virava verso l'estremo. Non potevo affezionarmi troppo a questa donna. Non potevo scatenare tutta la mia lussuria su di lei, non senza far del male a quel suo corpicino.

Prima di stringere la mia piccola compagna tra le braccia, non avevo dubbi sulla mia abilità nel tenerla al sicuro – da me o dai miei nemici. Né mi preoccupava la possibilità della mia morte. Per me, l'idea del codice di Prillon Prime per i guerrieri con compagna era ridicola. Quel codice d'onore che ci obbligava a nominare un secondo compagno scegliendolo in famiglia, un altro guerriero che proteggesse la nostra compagna, che si prendesse cura di lei, della sua sicurezza, del suo benessere nel caso in cui il maschio primario venisse ucciso.

Solo ora, mentre la mia piccola donna mi tremava tra le braccia, tutta curve e grandi occhi innocenti, riuscivo a comprendere l'utilità nel nominare un secondo. In quanto guerrieri, la morte era dietro l'angolo, specialmente al fronte. Hannah aveva bisogno di protezione. E, in quanto comandante, spesso sarei stato costretto a stare lontano da lei, a correre rischi che altri avrebbero evitato. Sarei stato costretto ad allontanarmi da lei più di quanto non avessi voluto. Non potevo occuparmi personalmente della sua sicurezza, non sempre. Dare, il mio secondo, sarebbe stato lì con lei. Se mi fosse successo qualcosa, il mio ruolo di compagno primario, di padre dei nostri figli, sarebbe toccato a Dare.

Pensare al suo corpo con dentro il mio bambino mi fece desiderare ancora di più di andare in calore come un animale famelico. Dovevo stare attento con lei, testare i suoi limiti con pazienza. I miei tratti dominanti l'avrebbero spaventata di certo. Desideravo che mi *volesse*, non che provasse a scappare su Prillon Prime con la prima capsula di trasporto per richiedere un altro compagno. Istinti possessivi che non sapevo nemmeno di avere invasero il mio corpo, e mi schiarirono la mente e il cuore, eliminando tutta la confusione.

Hannah Johnson era *mia*, e avrei fatto ogni cosa per convincerla ad accettare la mia rivendicazione, anche se per farlo dovevo nascondere il mio vero io. Anche con Dare che la proteggeva, sapevo che avrei dovuto abbandonarla. Accoppiarsi con un comandante era un bel rischio, ma come potevo andarmene via? Ci volle una sola occhiata, e lo seppi. *Era* la mia compagna. *Era mia*. Nessun altro l'avrebbe avuta, solo Dare. Dopo averla guardata mentre veniva, dopo aver visto la sua vischiosa eccitazione inzuppare le sonde mediche, dopo aver sentito quel suo profumo dolce – non si tornava indietro. Volevo legarla al tavolo nella mia stanza segreta nel livello diciassette, la volevo nuda, con i capezzoli stretti da morsetti e la figa riempita da un dildo vibrante. Allora sì che avrebbe imparato il vero significato della parola *obbedire*.

Volevo assaporarla, leccarla, scoparla, riempire ogni suo buco con il mio seme, e farmi chiamare *padrone*.

Eppure, forse non sarebbe successo. Non poteva

succedere se ero io a tenerla. La connessione era troppo forte per poterla negare. Quando si era messa il collare, il nostro legame era cominciato. Avevo sentito il suo piacere che persisteva, l'eccitazione che continuava a pulsarle nelle vene. Amava il piacere, ma non le modalità con cui le era stato inflitto. Era stato una sonda medica a provocarlo, e non la mia bocca o le mie dita o il mio cazzo. Se non le piacevano i test medici o una semplice sculacciata, allora di certo avrebbe odiato essere sottomessa per davvero.

Nemmeno a me era piaciuto quell'esame, ma per ragioni differenti. Non volevo che il dottore la vedesse mentre godeva. Mi accontentai di sapere che stava bene, che si eccitava facilmente ed era pronta per essere ingravidata. Mordin mi aveva confermato che Hannah provava piacere nel farsi riempire allo stesso tempo il culo e la figa, un prerequisito essenziale per ogni sposa Prillon. Un po' di allenamento, e sarebbe stata pronta a prendere me e Dare insieme. Fino a quel momento, la rivendicazione non poteva avere luogo.

Nel frattempo, potevamo scoparla e addestrarla. Era compito nostro insegnarle come farsi rivendicare da due uomini; sapevo che sulla Terra era proibito. Tanto bastava. In base a come aveva resistito agli esami medici, mi aspettavo che si sarebbe opposta a Dare, all'idea di avere un secondo compagno. Ecco perché gli avevo detto di aspettarmi nei miei alloggi. Se non poteva sopportare un secondo compagno, non sarebbe mai stata in grado di accettare i miei veri desideri.

Presto, tutto sarebbe stato chiaro. Quando la porta si chiuse dietro di noi e ci ritrovammo nella privacy delle mie stanze, Dare smise di essere elemento ignoto. Si alzò dalla poltroncina posizionata di fronte al muro di display che mostrava una vista dello spazio.

Mi guardai attorno. Questi erano i nuovi alloggi, l'equipaggio aveva spostato tutti i nostri averi qui non appena Hannah era arrivata. C'erano un salotto con una poltroncina, due grandi sedie reclinanti e un lungo divano. Le pareti erano ricoperte da lunghe tende soffici così da ammorbidire l'aspetto austero dei muri duri e spogli della nave. A differenza degli alloggi dei single, queste mura erano decorate con quadri raffiguranti le montagne e i paesaggi più famosi di Prillon Prime. Nell'angolo della camera da letto c'era un'unità S-Gen, e vicino un letto tre volte più grande di qualunque altro avessi mai usato in vita mia.

Grande abbastanza per tre persone. Le coperte rosso scuro, del colore del nostro lignaggio, erano stato messe lì come omaggio alla prole che avremmo concepito proprio su quel letto.

Spostai lo sguardo sul mio secondo, ma Dare aveva occhi solo per Hannah. Entrando lei lo aveva notato, ma quando la misi giù lei non gli parlò, e subito andò di fronte alla finestra che si affacciava fuori. Era la prima volta che vedeva lo spazio. Mentre lo fissava, lasciò scivolare il lenzuolo dalle spalle rivelando la sua pelle pallida e la lunga linea del collo. I capelli neri erano raccolti su una spalla e lasciavano intravedere la parte posteriore del collare.

Dare mi lanciò un'occhiata e io annuii. Lo sentii sospirare, era sollevato. Il collare di Hannah gli dimostrava che lei stava bene, ma ci dava anche autorità sul suo corpo per i prossimi trenta giorni. Ora che aveva accettato il periodo di rivendicazione, lei apparteneva a noi, almeno per le prossime settimane. Il nostro compito era di convincerla a restare con noi per sempre.

L'entrata di Harbart e del principe era stata fortuita. Anche se lei non se n'era accorta, si era messa il collare per dimostrarmi che si fidava di me. Inconsciamente, grazie al nostro legame, sapeva che io l'avrei tenuta al sicuro, lontana da quell'ignobile vecchio di corte.

Sollevai la scatola per farla vedere a Dare, e poi la poggiai sul tavolo da pranzo. Gli occhi di Dare si spalancarono vedendola, e subito si aggiustò il cavallo dei pantaloni. L'idea di addestrare la nostra compagna lo eccitava tanto quanto eccitava me.

"È bellissima," mormorò.

Avevo visto lo spazio per tutta la vita, e non ci trovavo niente di particolare. Potevo comprendere il suo stupore, ma avrebbe avuto tutta la vita per contemplarlo.

"Hannah."

Non si volto. "Hannah", ripetei.

Dare si schiarì la gola.

"Voglio presentarti Dare, il tuo secondo compagno."

Come avevo previsto, si voltò e ci guardò. "Il mio secondo compagno? Non capisco." Una profonda V si disegnò tra le sue sopracciglia.

Dare fece un passo in avanti, chinò il capo con deferenza, e poi la guardò negli occhi. "Mi chiamo Dare, il secondo prescelto da Zane."

Hannah lo guardò. Vidi la lunga linea del suo collo. Oh, quanto volevo baciarla lì, lungo quel collo, assaporare la sua pelle, sentire il veloce battere delle sue pulsazioni. Anche dall'altro lato della stanza riuscivo a vedere le vene che le pulsavano febbrilmente sul collo.

"Hai detto... secondo compagno?"

Dare parlò prima di me.

"Le donne Prillon hanno due compagni." Dare mi indicò con un cenno del capo. "Il programma spose ti ha abbinato a Zane, e lui ha scelto me come suo secondo. Ho aspettato a lungo di conoscerti. E ti trovo adorabile, Hannah."

Fece un gesto della mano come a dire di non essere degna di quel complimento. Fece un giro attorno alla figura imponente di Dare e poi si mise al mio fianco. "Hai detto che appartengo a te."

"Ed è così," risposi. "Ma ho scelto Dare come mio secondo, e quindi tu appartieni anche a lui."

Si tirò il collare, che non si mosse. "E i collari? Io ho *sentito* una connessione con te. La Custode Egara mi aveva assicurato che ero stata abbinata a un unico compagno. Non sono stata abbinata a due."

"È vero. Sei stata *abbinata* a me. E a me soltanto. Ma io ho scelto il mio secondo e quindi sei la *compagna* di entrambi." Dare si mise di fianco ad Hannah.

Dare aveva in mano il suo nuovo collare ancora nero, inerme nel palmo. Quando Hannah si voltò verso di lui, mi misi dietro di lei e le poggiai le mani sulle spalle nude. Era in mezzo a noi, proprio dove la volevo.

"Ti ho aspettato a lungo, Hannah," mormorò Dare. "Volevo essere con te prima di mettermi questo al collo, e unirci tutti quanti."

Dare si legò il collare mentre Hannah lo guardava. Le

estremità si chiusero e il collare divenne rosso scuro. Sentii una scossa lungo il mio corpo, e il sussulto di Hannah ci fece capire che anche lei sentiva quella connessione. Ora Dare si univa al nostro legame, e la connessione con Hannah si era fatta più forte. Potevo sentire il profumo della sua figa ancora più chiaramente: era bagnata e desiderosa. E, viceversa, lei ora ci sentiva entrambi, sentiva il nostro desiderio di darle piacere. Gli occhi di Dare si illuminarono quando sentì la prima pulsazione della crescente eccitazione di Hannah. Sapevo che anche lui sentiva il suo profumo. "Ora posso percepirti, compagna. Siamo connessi, tu ed io, così come sei connessa a Zane."

Hannah indietreggiò fino a sbattermi contro. Le avvolsi le spalle con il braccio, il mio avambraccio proprio al di sotto del suo mento. Volevo che sapesse che c'ero, che ci sarei sempre stato.

Mi avvolse l'avambraccio con le sue mani piccole e tremanti, ma notai che il battito del cuore le stava rallentando, e non mi spinse via. Si aggrappò a me, come se già fossi il suo abbinamento reale, come se fossi l'unico rifugio sicuro in tutta la stanza. "Ma non posso avere due compagni!"

Mi sporsi in avanti, ansioso di affondare la faccia nelle sue ciocche di seta, e premendole le labbra contro la nuca le domandai: "Perché no?"

"Non si fa e basta!"

Dare incrociò le braccia e lo guardai negli occhi per essere sicuro che eravamo d'accordo. Sì, avremmo discusso di questo argomento – non per molto – e poi l'avremmo persuasa in altri modi ad accettare l'idea.

"Su Prillon, la donna può accoppiarsi solo così," aggiunsi.

"Perché?" chiese, con la voce che le tremava.

Poggiai la guancia contro la sua testa, mentre Dare le rispondeva: "Zane è il comandante della nave, di un'intera flotta di navi. Io sono un pilota. Se ci succede qualcosa in battaglia, avrai bisogno di un secondo compagno per essere sicura di non rimanere da sola, senza protezione. Siamo una razza di guerrieri, Hannah. Non viviamo a lungo, e non temiamo la morte, ma crediamo nel salvaguardare le nostre compagne e i nostri bambini. I nostri rituali di accoppiamento sono stati creati per proteggerti. Non vali meno di una sposa Prillon solo perché vieni dalla Terra. Ti sarà donata la santità di un doppio legame così da assicurarti un futuro, per te e per i tuoi figli."

"Quindi, sono stata abbinata a Zane, ma ora devo accettare anche te?"

Dare sorrise. "Sarebbe tutto più facile se lo facessi, ma sarò sicuramente contento di persuaderti, dovessi avere dei dubbi. Pensa, Hannah. Due uomini che ti amano. Due uomini che vogliono soddisfare ogni tuo bisogno, dentro e fuori la camera da letto."

Le sue mani mi strinsero più forte l'avambraccio mentre valutava quella possibilità.

"È normale che la sua pelle diventi così rosea?" mi chiese Dare.

"Mhmm, si chiama 'arrossire'." Sollevai la testa e rigirai Hannah tra le mie braccia così da vedere il colore che le inondava le spalle, risaliva su per il collo, fino alle guance. "Quando viene, ha i capezzoli dello stesso colore. La figa si fa leggermente più scura."

Si fece ancora più rossa a quelle parole. "Zane!" gridò mortificata.

"Non ci sono segreti tra di noi," disse Dare toccandosi il collare. "Non ce ne possono essere, con i collari. So che l'idea di ritrovarti con noi due ti spaventa, ma il tuo corpo è eccitato. Posso sentire la tua figa che smania, la pesantezza dei tuoi seni mentre il braccio di Zane è proprio sopra di loro. E anche Zane può percepirlo." Dare si leccò le labbra con lentezza, come se non vedesse l'ora di mettersi dentro la bocca una di quelle soffici sfere.

La bocca di Hannah si aprì, e la sua mano si strinse attorno al lenzuolo.

"Non ti credo," sussurrò.

Dare si sbottonò i pantaloni e tirò fuori il cazzo. Hannah girò la testa e chiuse gli occhi con forza.

"Non hai bisogno di guardarmi per sapere cosa provo per te." Dare si afferrò la base del cazzo duro e cominciò ad accarezzarselo, massaggiandosi con il pollice la punta arrossata.

Il mio collare era programmato per escludere le sensazioni di Dare, ma quello di Hannah era programmato per percepire pienamente il legame fisico con entrambi i suoi compagni. Avrebbe sentito l'intensità dei nostri desideri, i nostri bisogni nei suoi confronti. Senza dubbio riusciva a percepire l'eccitazione di Dare, riusciva a sentire l'ondata di piacere che il solo guardarla gli provocava.

Sussultò e rigirò la testa verso di lui mentre io le massaggiavo le spalle nude e le sussurravo nell'orecchio:"

Hannah, la connessione è forte. Non può essere rinnegata."

Dare continuava a massaggiarsi il cazzo e lei continuava a fissarlo, con la pelle che arrossiva sempre di più. Aveva la figa zuppa per l'eccitazione; potevo sentire il profumo nell'aria. Il cuore le batteva a mille, il fondoschiena le doleva, i seni erano pesanti, e la sua figa pulsava, esigente... mille sensazioni che il collare mi fece provare con la massima precisione.

"Non capisco," disse con voce rauca.

"Ti abituerai, Hannah, non solo allo spazio, ma anche a me e a Dare," le dissi. "Solo il tempo ti permetterà di accettare la tua nuova vita. Nel frattempo, cominceremo la nostra vita insieme, così come vogliamo viverla d'ora in avanti. Togliti il lenzuolo."

Gli occhi di Hannah erano fissi sulla mano di Dare che stringeva il cazzo.

"Hannah," dissi, "fa' come ti ho detto."

Quando una perla di fluido colò dalla corona del cazzo di Dare, Hanna si leccò le labbra. Il sottile profumo della pre-eiaculazione di Dare era afrodisiaco, uno strumento per l'eccitazione usato per provocare desiderio e voglia nelle nostre compagne.

Dare si massaggiava, e Hannah capì che lui la desiderava, e lei cominciò ad eccitarsi a sua volta. Una volta che la pre-eiaculazione avesse toccato la sua pelle, che avesse penetrato la sua carne morbida, la connessione tra di loro sarebbe aumentata ulteriormente. I sensuali effetti collaterali dei feromoni nel nostro sperma avrebbero creato un legame ancora più forte, una volta che il nostro seme fosse stato sepolto a fondo dentro di lei.

In passato, era stato provato che, anche se una femmina era riluttante a essere scopata subito, permetteva comunque al maschio di mostrarle il cazzo e quindi di esporla agli effetti sessuali della pre-eiaculazione, proprio come stava accadendo ora con Hannah. Lei non lo sapeva, ma la connessione era cominciata. Ci avrebbe desiderati entrambi, la sua figa sarebbe stata sempre bagnata, il suo corpo sempre al limite, famelico. Il nostro desiderio avrebbe nutrito il suo attraverso il collegamento mentale forgiato dai collari che tutti e tre indossavamo. La sua mente forse avrebbe provato a combattere i nostri desideri lussuriosi, ma il collare e la connessione che dividevamo erano potenti. Dare ed io eravamo guerrieri valorosi, ma nemmeno noi potevamo opporci – né volevamo farlo.

Altre culture affermavano che questo legame era una coercizione, un modo per usare il corpo di una donna contro di lei. Ma quel ragionamento valeva per gli uomini e le donne senza un compagno, perché, una volta accoppiati, nessuno di loro avrebbe volontariamente rinunciato al legame. Dava loro troppo piacere.

Hannah era stata abbinata a me. Non aveva bisogno di lottare contro quello che, in fin dei conti, le avrebbe procurato solo piacere e felicità. Né io né Dare volevamo perdere tempo prima di rivendicarla. Nemmeno ora che la nave era diretta verso il fronte. Dovevamo superare le difese di Hannah con velocità e precisione. Solo dopo aver completato la cerimonia, solo dopo che il suo collare sarebbe stato del colore giusto, solo allora la sua sicurezza sarebbe stata garantita.

Feci un passo indietro e incrociai le braccia sul petto.

Hannah rimaneva piantata lì, a guardare Dare che si accarezza il cazzo. Non si mosse, come se non fosse sicura di cosa volessimo. Ero più che disposto a farglielo sapere.

"Girati, Hannah, fa' vedere il culo a Dare. Fagli vedere le manate rosse lasciate dalla tua punizione."

Hannah distolse gli occhi da Dare e mi guardò. Colse le implicazioni nelle mie parole. Se avesse continuato a sfidarmi, l'avrei sculacciata di nuovo.

Non si mosse. Feci un passo in avanti, con voce sempre soffice e gentile. Non ero arrabbiato con lei, e avevo bisogno che lo capisse.

"Togliti il lenzuolo."

Hannah deglutì e lasciò cadere il lenzuolo a terra.

Dare gemette. I capelli neri le ricadevano sul petto e le accarezzavano i capezzoli rosati. I suoi seni erano pieni, i capezzoli grandi e floridi. Si indurirono mentre la guardavamo. Non era snella come le donne di Prillon, ma soffice e rotonda. La sua vita era ricurva e i suoi fianchi erano larghi, perfetti per essere afferrati mentre la scopavamo.

Più in basso, in mezzo alle cosce, si intravedevano le pieghe umide della sua figa. Ancora luccicavano, turgide e rosee, per il piacere che aveva provato prima. Il legame tra di noi aumentava, e lei era sempre più eccitata. Sapevo che poteva percepire la mia voglia di leccarle la figa e sentirla gridare dolcemente mentre veniva sulla mia bocca. La pienezza dolorante del mio cazzo raggiungeva i suoi sensi. Ce l'avevo duro come Dare, ansioso di affondare dentro il suo agile corpo. Il profumo della sua eccitazione si fece più intenso, dolce e potente.

Dare fece un respiro profondo. Lo aveva notato anche lui.

"Ottimo, Hannah. Sono fiero di te. Quello che è tuo, è nostro," commentò Dare. "I nostri seni, i nostri capezzoli, la nostra figa, il nostro culo. Anche quelle natiche arrossate."

"Aveva bisogno di essere guidata," commentai.

Si contrasse a disagio sotto i nostri sguardi, le mani ai lati del corpo.

"Il dottor Mordin l'ha trovata in ottima salute, sebbene ci fosse una mancanza. Ha il culo stretto, troppo stretto per essere rivendicata a dovere."

Hannah scosse la testa mentre riprese a guardare il cazzo di Dare. "Quello... non ci entra. Certo che è stretto, se il dottore si è basato su quelle dimensioni."

Sorrisi e vidi che Dare faceva altrettanto. "Ah, Hannah, grazie per il complimento, a nome di tutti e due, ma siamo già i tuoi compagni. Non ce n'è bisogno."

Mi guardò. "Non era un complimento," rispose. "Ce l'ha... enorme!"

Cominciai a sbottonarmi i pantaloni. Potevo sentire la pre-eiaculazione che mi fuoriusciva dalla punta ingrossata. Hannah aveva bisogno di sentirne l'odore. Avrei potuto sculacciarla, ma addestrare il suo culo era meglio, sarebbe stato meglio per tutti noi, se lei lo desiderava.

"Il cazzo di Dare è grande." Mi calai i pantaloni. "E anche il mio."

Hannah vide il mio cazzo e spalancò la bocca. Avevo letto che gli uomini di Prillon erano ben più grandi di quelli della Terra, in ogni parte del corpo. Eravamo più grandi, più muscolosi, più larghi, geneticamente pronti alla battaglia. I nostri cazzi erano enormi allo stesso modo, il che era di vitale importanza per dare piacere alle nostre donne, per riempirle fino in fondo e assicurare il più perfetto dei legami, il più intenso dei piaceri, così che il seme potesse attecchire.

La pre-eiaculazione mi colò dalla punta e la pulii con il pollice. Mi avvicinai ad Hannah e le bagnai il labbro inferiore con il mio fluido. Sussultò, sorpresa, e mi mossi veloce. Mossi il pollice avanti e indietro su quella carne morbida, e lei sgranò gli occhi. Erano così neri che quasi non riuscivo a vedere le pupille. Istintivamente, cacciò fuori la lingua e si pulì il labbro. La guardai mentre le si annebbiava la vista.

"Il fluido dei nostri cazzi si mischierà con i tuoi umori. Il tuo corpo si farà più morbido, si aprirà e sarà pronto per noi. Quando ti scoperemo, ti prometto che non sentirai alcun dolore. Compagna, ci implorerai di prenderti, e griderai di piacere."

Sentii il suo respiro sulla mia mano, respirava veloce provando a controllare la sua reazione. Era inebriante guardare gli effetti dei miei fluidi corporei su di lei.

Ritornai al tavolo e recuperai la scatola piena di vibratori. Dare prese la mano di Hannah e la condusse alla poltroncina. Si sedette e fece posizionare Hannah in piedi di fronte a lui. In questo modo, i suoi seni erano proprio di fronte alla bocca famelica di Dare, che ovviamente non riuscì a trattenersi e cacciò fuori la lingua disegnando cerchi attorno a un capezzolo, assaporandolo, tirando e mordicchiandolo.

Hannah piegò le ginocchia e si aggrappò alle spalle di Dare. Un sospiro le sfuggì dalle labbra, poi scosse la testa, provando a lottare con la nebbia sensuale che sapevo le ottenebrava la mente, così come il desiderio ottenebrava la mia. "No, non va bene. Non ti conosco nemmeno, Dare."

Dare si appoggiò allo schienale e la guardò. "In quanto secondo di Zane, siamo compagni, siamo connessi." Si tirò il collare. "Non combattere contro ciò che è giusto."

Si guardarono negli occhi e il collare mi fece sapere che Hannah voleva che Dare le succhiasse i suoi seni gonfi. Voleva la sua lingua sulla sua pelle.

"Sali sulla poltroncina, Hannah. Con le mani e le ginocchia," le dissi. Se aveva voglia di discutere quando doveva mostrarci il suo corpo e prepararsi a farsi scopare, allora di certo non avrebbe accettato i miei bisogni più aggressivi.

"No. Non posso. Non va bene. Non dovrei volerlo. Non con due uomini. Non posso farlo."

Dare la sollevò e la mise facilmente nella posizione che richiedevo, e lei mugugnò per tutto il tempo. Una volta posizionata, Dare venne di fianco a me ed entrambi ci godemmo la vista del suo culo a forma di cuore.

"Sì, vedo che ti sei divertito nel centro medico."

Ridacchiai, e Hannah cominciò a muoversi."

"Unità di comunicazione, manette," dissi ad alta voce. Il sistema computerizzato della stanza rispose, e le corde nascoste nella poltroncina spuntarono fuori.

Dare usò le corde legate alle gambe della poltroncina per legare prima un polso, e poi un altro.

"Ehi! Che fate?" gridò Hannah strattonando le corde. Aveva i seni e la testa premuti contro il morbido cuscino della poltroncina, il culo all'insù. Poteva scuotere i fianchi, ma non si poteva muovere altrimenti.

Quella era la posizione perfetta per scoparla, e anche per addestrarle il culo. La prima cosa sarebbe successa adesso. La seconda, più tardi. Senza ombra di dubbio.

Dare sibilò vedendo la stretta entrata della sua guaina, gli umori le gocciolavano lungo le cosce burrose. Il suo clitoride era esposto, protrudeva con fierezza fuori del cappuccio, ansioso di essere toccato. Il suo corpo era così sensibile, in armonia con la connessione che condividevamo.

"È pronta per noi," ringhiò Dare. "Ma, anche dopo le sculacciate, è ovvio che non ha imparato da obbedire ai suoi compagni." Sollevò la mano per accarezzare con gentilezza il sedere rosa di Hannah.

Hannah premette la testa contro la poltroncina. "Non sono un robot. Non obbedisco agli ordini così. Vi ho appena incontrati. Io... io non posso avere due mariti. Vi prego..."

Entrambi cogliemmo il tono lamentoso della sua voce. La nostra piccola compagna era confusa e spaventata. Ma la disobbedienza, a bordo di una nave da guerra, non era tollerata, mai. Né dai guerrieri al mio comando, né dalla mia compagna. Ovviamente Dare era d'accordo con me.

Guardai Dare che esplorava con le dita le pieghe bagnate in mezzo alle sue gambe. Le accarezzò i fianchi e la schiena con la mano, la fece calmare così da farla ascoltare e ragionare. E poi mise in chiaro cosa ci aspettavamo da lei: "Ci obbedirai, Hannah. Senza fare domande. O verrai punita." Si sporse in avanti e le diede un bacio gentile sulla schiena. "Ora ti sculaccerò, Hannah. E la prossima volta che ti diciamo di preparare il tuo corpo per noi, lo farai senza discutere."

"Cosa? No!"

Le sue proteste furono zittite dal sonoro schiocco della mano di Dare che le colpiva il culo. "Contane dieci, Hannah."

Dare le colpì il sedere proprio dove era arrossato. Lei gridò cominciando a contare, con i seni che ondeggiavano sotto di lei, mentre i colpi di Dare le facevano dondolare il corpo avanti e indietro.

Io stavo lì, in piedi, e li guardavo. E a ogni schiaffo sul suo culo tondo che riecheggiava mi indurivo sempre di più. Le sue grida di protesta si trasformarono in singhiozzi, e poi in gemiti mentre la risposta del suo corpo prendeva il sopravvento, inondando il suo sistema con un fuoco liquido. Prima che Dare cominciasse a sculacciarla, la sua figa era più bagnata che mai, e i segni rossi sul suo sedere nudo erano il richiamo più primitivo della donna verso il suo compagno.

Quando Dare ebbe finito, si sporse sopra di lei e le sussurrò nell'orecchio: "Adesso ti scoperemo, Hannah, ti scoperemo la bocca e quella tua piccola figa bagnata."

Dal mio punto di vista, vidi chiaramente la sua figa contrarsi lussuriosa. Lei ci voleva. Voleva tutto questo.

Era evidente che il corpo e la mente della nostra compagna erano in guerra. "È stato tutto un errore. Voi mi userete e basta."

"Non ti useremo mai, Hannah." Mi inginocchiai di fianco a lei, le accarezzai i capelli lucenti scostandoli dal suo volto. "Ti scoperemo, ma ti daremo sempre piacere. Sempre."

"Ma, per ora, dobbiamo allargarti quel culo stretto, dobbiamo prepararti per i nostri cazzi."

Provò a scuotere la testa. "Non ho mai... no, non lo voglio fare."

"È vero, il tuo culo è vergine, almeno lo era fino a ieri. Non puoi sapere se non lo vuoi fino a quando non l'avrai provato," aggiunsi.

"Ci prenderemo cura di te, Hannah," disse Dare. Aprì la scatola e tirò fuori la bottiglietta di lubrificante. "Durante la cerimonia di rivendicazione, io te lo infilerò nel culo, e Zane nella figa. Solo allora il tuo collare cambierà colore e diventerà come i nostri."

Mi misi dietro di lei e le afferrai la figa con tutta la mano. Era calda, bagnata e morbidissima. La accarezzai gentilmente, imparavo a sentirla, imparavo come le piaceva che le accarezzassi il clitoride. Esplorai la sua figa, volevo capire come accarezzarla e stuzzicarla infilando le dita dentro, come farla fremere e gridare e gemere dal bisogno.

Non ci volle molto prima che gli occhi di Hannah si chiudessero e che lei soccombesse al mio tocco. Non ero sicuro se sarei sopravvissuto quando l'avrei provata. Il mio cazzo smaniava di un bisogno disperato di scoparla. Ma ora non si trattava dei miei bisogni, ma dei suoi.

Dare aprì la bottiglia di lubrificante e si mise una goccia di quel liquido appiccicoso sulle dita, e poi massaggiò la rosetta del culo di Hannah.

"Oh, Dio!" gridò mentre Dare disegnava dei cerchi sulla sua pelle tenera.

"Shhh, Hannah, permettici di darti piacere. Ecco. Rilassa i muscoli. Non comandi tu. Il tuo corpo appartiene a noi. Arrenditi e ti faremo venire, ancora e ancora."

Continuammo a toccarla, con lentezza e pazienza, non c'era nessuna ragione di affrettarsi. Era tutta la vita che la aspettavamo. Forse non volevo trovarla – ma ora era qui, e non c'era dubbio che fosse mia. E di Dare.

Dare avvicinò la bottiglia vicino alla sua entrata posteriore e le disse cosa stava per fare: "Rilassati, quello è il collo della bottiglia di lubrificante. È piccolo, più piccolo della sonda che ha usato il dottore. Ecco, spingi in fuori e lascialo entrare."

"Brava ragazza," aggiunsi, arricciando le dita per massaggiare il punto più sensibile dentro la sua figa.

Hannah gridò e strinse i pugni. Aveva la pelle bagnata di sudore, e un odore caldo e maturo. Ero contento di aver tirato il cazzo fuori dai pantaloni, perché altrimenti mi avrebbe fatto male. La mia voglia fluì fuori dalla punta. Dal modo in cui il suo corpo rispondeva a noi, non avevo dubbi che i nostri odori la facevano eccitare, così come i suoi eccitavano noi.

"Sentirai il fluido dentro di te. Sì, è bello, è caldo."

Dare strizzò la bottiglia e Hannah mosse i fianchi.

"Questo ti renderà scivolosa, calda e bagnata. Una volta che sarai abbastanza allargata, entreremo dentro di te con facilità. Lo amerai. Ecco, tutto quanto. Sei bravissima, Hannah."

Dare gettò via la bottiglia vuota e afferrò il vibratore più piccolo. Lo sollevò per farmelo vedere e io scossi la testa. Lo scambiò con uno poco più grande. Era grande come il mio pollice, ma più lungo. L'avrebbe allargata un po', ma l'avrebbe riempita fino in fondo. Il suo corpo aveva bisogno di accomodare non solo lo spessore dei nostri cazzi, ma anche tutta la loro lunghezza.

Avevo due dita dentro di lei, e le massaggiai la parte sinistra del clitoride con il pollice. Lo feci con leggerezza, era fuori dal suo cappuccio.

Lei sussultò, e quel suono si trasformò in un gemito, quando Dare premette il vibratore contro il suo buco vergine.

"È il vibratore. Va tutto bene, è scivoloso. Spingi indietro. Ancora. So che puoi farcela, Hannah."

Aveva il fiato ansimante, il viso accartocciato mentre lottava contro l'intrusione. Avrei dovuto sculacciarla per la disobbedienza, ma quello non avrebbe fatto altro che farla contrarre. Invece premetti con più forza contro il suo clitoride e feci scivolare le dita ancora più a fondo. Volevo darle il primo orgasmo come compagno.

Il suo corpo si rilassò immediatamente, e lei gridò sotto le attenzioni aggressive che riservavo al suo clitoride. Dare sfruttò quel momento per infilarle con cautela il vibratore nel culo. Guardai l'anello muscolare che si allargava, ancora e ancora, fino a quando la parte più ampia del vibratore non fece breccia dentro di lei. E poi cominciò di nuovo a restringersi. Dare fu in grado di far scivolare il resto del vibratore e a sistemarlo dentro di lei. Una piccola base lo teneva fermo al suo posto.

"Dare, io... è così grosso. Non posso..." Chiuse gli occhi con un suono soffice e tagliente, poi mi premette con forza la figa contro la mano e io accelerai i miei movimenti. "Sì, Zane! Continua!"

Sorrisi dinanzi alle sue emozioni che continuavano a

cambiare. Un minuto non sapeva se le piaceva il vibratore che aveva nel culo, quello dopo amava il mio pollice sul clitoride.

Un vantaggio nell'avere due compagni erano le quattro mani che potevano toccarla. Le mie erano occupate con la sua figa e il clitoride. Dare tirava la base del vibratore, risvegliando tutte le piccole terminazioni nervose che l'avrebbero fatta godere intensamente quando l'avremmo scopata. L'altra mano le massaggiava il sedere dolorante, risvegliando la pelle accaldata dalle sculacciate precedenti.

"Che brava ragazza, Hannah. Vieni. Vieni per i tuoi compagni."

Venne a comando. Le pareti della sua figa si contrassero attorno alle mie dita mentre provavo a farle entrare ancora più a fondo. Urlò e gettò la testa all'indietro, con i capelli neri che le colpirono la schiena e il culo, e coprirono la grande mano di Dare che riposava sulla sua natica rosea.

"Bellissima," mormorò Dare.

Quando ormai la sua figa mi strizzava a malapena le dita, le tirai fuori e le leccai. Il suo dolce sapore mi ricoprì la lingua.

Mi ero trattenuto abbastanza. "È ora di scoparti, Hannah."

$\mathcal{H}$annah

AVREI DOVUTO ESSERE un budino di donna su quella poltroncina, dopo tutte le loro attenzioni e quegli orgasmi da farti uscire fuori di testa. Invece, le parole di Zane mi facevano tremare tutto il corpo. L'odore dei loro corpi e il sapore della pre-eiaculazione di Zane mi facevano formicolare le labbra. Non solo sentivo il vibratore per l'addestramento che avevo nel culo, ma anche l'onesto e quasi incontrollabile desiderio dei miei due compagni. Il mio collare ronzava senza sosta, inviandomi ondate di voglia e desiderio attraverso tutto il mio essere.

Era inebriante, e io mi sentivo la donna più potente e desiderata che fosse mai esistita: potevo spingere al limite non uno, ma ben due guerrieri. Il loro bisogno mi faceva sentire bellissima e femminile e vogliosa di compiacerli. La mia mente razionale provò a dirmi che tutte quelle emozioni, le loro e le mie, non erano reali, che era impossibile che a questi due alieni importasse di me, che mi desiderassero, e che mi bramassero con una passione che rasentava il dolore.

Dissi a quella vocina nella mia testa di chiudere il becco. Ero in mezzo alla galassia, a quattro zampe, legata, bloccata e nuda, e due enormi cazzi alieni erano in bella vista, entrambi smaniando per reclamare il mio corpo come loro. Che fosse logico o meno, non ci potevo fare un bel niente. Non ora. Ora ero loro: funzionava così sul loro mondo.

Zane sciolse le corde attorno ai miei polpacci e mi liberò, e Dare fece lo stesso con le mie mani. Mi aiutò a sistemarmi sulle mani e le ginocchia.

"Non penso che tu ora abbia bisogno delle corde, vero, Hannah?" chiese Zane.

Scossi la testa. No, non c'era bisogno che mi legassero. Avevo *bisogno* di essere scopata.

Si posizionò dietro di me e mi afferrò i fianchi con entrambe le mani, facendomi muovere verso di lui fino a quando le ginocchia non si trovarono sul bordo della poltroncina e i miei piedi penzolavano in aria avvolgendogli le ginocchia.

"Sei pronta, Hannah? Sei pronta per il tuo compagno?"

Zane mi massaggiò la figa con la punta del cazzo, e io sentii la sua pre-eiaculazione bollente che mi inondava il corpo e si mischiava con i miei fluidi. Il calore si sparse quasi all'istante, e il mio corpo famelico assorbì tutta la sua essenza. Gemetti e spinsi il culo verso di lui, provando a farlo entrare nel mio corpo almeno un po'.

Temevo che mi avrebbe fatto male. Ce l'aveva enorme, e avevo ancora il culo allargato dal vibratore che mi aveva messo Dare. Ma non m'importava.

Volevo che facesse un po' male. Volevo sentirmi allargata e riempita, al punto da non poterlo sopportare. Volevo dargli piacere. Volevo fargli perdere il controllo. Volevo essere qualunque cosa voleva che fossi. Piazzò il suo enorme cazzo sull'entrata della mia figa e lo spinse dentro con lentezza, irrompendo a mala pena dentro di me. Mi stuzzicava. Era solo un assaggio. Mi contorsi e provai a spingermi contro di lui per farlo entrare più a fondo, ma le sue mani sui fianchi me lo impedirono. E questo mi fece solo venire voglia di muovermi ancora di più.

"Sì, per favore. Fallo. Fallo ora."

Dare ridacchiò. Era in piedi di fianco a me, allungò una mano e mi afferrò un seno penzolante. Fece rotolare il capezzolo tra le sue dita, con fermezza, e poi mi afferrò tutto il seno nel palmo della sua mano. Gemetti, e Zane gemette dietro di me.

"Le piace, Dare. La sua figa è bagnatissima, potrei prenderla con un unico colpo."

L'idea mi fece contrarre la figa attorno al suo cazzo, provando sempre a farlo entrare più a fondo. Zane mi afferrò le tenere cupole del mio sedere sculacciato e le strinse senza gentilezza con le sue forti mani. Le spalancò, fino a quando il dolore del mio culo indolenzito non mi corse lungo tutte le vene come fuoco liquido, e le labbra della mia figa furono spalancate al massimo.

"Sei così bella, Hannah." Sapevo che Zane mi stava fissando la figa, stava fissando le pieghe rosate che si allargavano attorno alla punta del suo cazzo. Non sapevo come facesse ad avere tanta pazienza, tanto controllo, ma io non volevo aspettare. Mi sentivo così frustrata che mi veniva da piangere.

"Ti prego. Non posso aspettare. Ho bisogno di..."

Zane si spinse in avanti, allargandomi un po' di più, e poi si fermò.

Urlai e feci crollare il capo, un suono simile a un singhiozzo.

Ma quel suono, la mia totale arresa, infranse il mio compagno. Attraverso la nostra connessione, sentii il suo corpo cantare in anticipazione per meno di un secondo, e poi Zane me lo ficcò fino in fondo con un unico, potente colpo.

Si muoveva dietro di me come un pistone. Il suo cazzo mi colpiva lì, sul mio dolce punto dentro di me, e le sue mani enormi mi tenevano le natiche allargate così che potesse scoparmi fino in fondo.

Di fianco a me, il tocco di Dare andò veloce come le fiamme che seguono una striscia di benzina, passando dal mio capezzolo al clitoride. Si inginocchiò di fianco a me e prese il mio capezzolo con la bocca, la sua lunga lingua tirava e assaporava, e la sua mano mi massaggiava il clitoride mentre Zane continuava a scoparmi. L'immagine erotica di questi due forti guerrieri che si davano da fare sul mio corpo fu la spinta finale di cui avevo bisogno per perdermi completamente. Questi uomini erano miei. Miei.

Lo dissi ad alta voce e l'orgasmo mi invase, mi tirò come la risacca sulla spiaggia, e gridai, per la prima volta in vita mia, completamente fuori controllo.

Dare aspettò fino a che gli spasmi di piacere non diminuirono, e poi cambiò posizione mettendosi a cavalcioni sul sedile di fronte a me. Aveva le gambe spalancate, una a destra e una a sinistra, e il suo cazzo era di fronte a me, a qualche centimetro dalla mia bocca.

Sapevo cosa voleva. Potevo sentire il bisogno disperato che lo cavalcava. Sentii l'odore della sua pre-eiaculazione che colava dalla punta del suo cazzo. Mi leccai le labbra, non vedevo l'ora di assaporarla.

Il cazzo di Zane dentro la mia figa cominciò a rallentare. Mi sporsi in avanti e leccai la corona dell'enorme cazzo di Dare. La sua essenza mi si sciolse in bocca, e io mi sentii come una dea del sesso, perversa e piena di potere femminile, e d'improvviso fui sul punto di venire di nuovo.

Cazzo. Che c'era nello sperma di questi alieni, che mi faceva trasformare in una ninfomane scatenata?

Zane mi martellava da dietro con forza, e il vibratore andò ancora più a fondo, e decisi che non volevo saperne. Non mi importava.

Aprii la bocca e mi infilai il cazzo di Dare in bocca, ingoiandolo fino a che non mi finì in gola. Cominciai a leccarglielo con la lingua, il più a lungo possibile. Mi piaceva sentirlo gemere.

Vedendo Dare che godeva, Zane volle essere certo che lo notassi mentre era dietro di me. Mi tolse le mani dal culo e le affondò nei miei capelli, afferrandomi alla base del collo. Mi teneva ferma sul cazzo di Dare, e l'altra mano scivolò attorno al mio fianco per andare a massaggiarmi il clitoride. La sua mano nei capelli mi faceva muovere la testa a suo piacimento, tirandomi via per tormentare Dare ogni volta che provavo a ingoiarlo fino in fondo. Era Zane a controllare tutto, il mio piacere e quello di Dare, e voleva che entrambi lo sapessimo.

"Succhiagli il cazzo, Hannah. Succhialo fino a quando il suo sperma non ti scivola in gola. Ti farà venire un'altra volta."

Quel comando gutturale, assieme alla sua forte mano che mi stringeva il collo, fece scatenare qualcosa di selvaggio dentro di me. Qualcosa di estraneo e potente. E questo mio lato primitivo gioiva del loro voler dominare, smaniava più per il loro piacere che per il mio, aveva bisogno di compiacerli entrambi. La soddisfazione di Dare mi arrivò attraverso il collare e mi fece sentire come una regina conquistatrice, come la donna più potente della galassia, come la donna più sexy e attraente di sempre. Ma Zane? Le sue emozioni erano una ragnatela di lussuria e oscurità, di desiderio e inibizioni.

Zane si stava trattenendo. Aveva il controllo, mi cavalcava, sentiva la mia figa stretta e calda, ma voleva di più, aveva bisogno di qualcosa di più di quello che gli stavo dando.

Dentro di me prese vita il bisogno di dargli piacere, di renderlo felice. In quel momento non mi sarei sentita completa a meno che lui non si fosse sentito soddisfatto, a meno che non avessi saziato quell'oscurità che aveva dentro, a meno che non gli avessi dato un po' di pace. Volevo un compagno felice. Se questi uomini erano miei, se tutto ciò sarebbe durato per tutta la vita, avevo bisogno che fossero soddisfatti. Il mio piacere si affievolì quando capii che Zane non era al limite così come lo eravamo io e

Dare. Zane era qui, ma si stava nascondendo, si stava trattenendo.

Gemetti, determinata a soddisfare il mio compagno primario. Si pensava fossi perfetta per lui, e che lui fosse perfetto per me. Se non riuscivo a soddisfarlo, allora c'era qualcosa di sbagliato in me. Forse, in tutto l'universo, non c'era nemmeno un uomo che ero capace di amare per davvero.

Quel pensiero mi rattristò, e volli ancora di più salvare Zane dalla sua oscurità.

Succhiai il cazzo di Dare più a fondo di quanto non avessi mai fatto, ingoiandolo fino a farmelo finire in gola. I suoi gemiti mi incoraggiavano mentre facevo su e giù sopra di lui.

Dare venne, il suo cazzo pulsò e si contorse nella mia bocca come una bestia indomita, una bestia che avrei domato, una bestia che era sotto il mio comando, a cui avrei dato piacere. Il suo piacere mi inondò, e mi si sciolse il cuore per questo strano guerriero. Godeva, la sua contentezza mi raggiungeva e mi faceva felice.

Ma Zane? Lasciò andare i miei capelli e continuò a scoparmi da dietro in modo selvaggio, una mano sul mio clitoride e una pericolosamente vicina al vibratore che avevo nel culo. Sì, lo volevo. Volevo che Zane fosse selvaggio.

Quindi, mosse il vibratore, abbastanza da farmi sentire che entrambi i miei compagni mi stavano prendendo allo stesso tempo, che mi scopavano e mi ficcavano le loro dita dentro di me.

Lo sperma caldo mi colò dentro la gola e mi fece venire, proprio come aveva detto Zane. Le mie urla furono attutite dal grosso cazzo che mi allargava la bocca. Sentire attraverso il collare dall'orgasmo di Dare e il sollievo imminente di Zane non fece altro che accentuare il mio piacere fin quasi a farmi delirare. A essere sopraffatta.

Lasciai andare il cazzo di Dare; temevo che glielo avrei morso con tutto quel piacere che mi cresceva dentro. Il cazzo di Zane si muoveva dentro di me, i sui fianchi mi schiaffeggiavano il culo dolorante. Poi venne, uno schizzo caldo di seme dentro di me, e ciò mi scatenò un altro orgasmo, e mi feci rigida e silenziosa, incapace di gridare.

Lentamente, tornai in me stessa, come fossi rintronata. E infatti era così che mi sentivo. Questa creatura lasciva, selvaggia e sensuale... non potevo essere io.

Zane mosse la mano su e giù lungo la mia schiena sudata con movimenti lenti e lunghi, e il suo cazzo era ancora sepolto dentro di me. Il suo corpo era sazio, ma potevo sentire la sua frustrazione, il suo bisogno di fare di più, il suo bisogno che io fossi di più.

Dare si alzò e cominciò a darmi baci soffici sulla pelle. Era in pace. Felice. Sazio.

Ma non Zane. Zane mi aveva scopata, e potevo percepire che nascondeva la sua delusione sotto un sorriso soffice e un tocco ancor più soffice. Volevo piangere, ma mi morsi il labbro e nascosi il volto ad entrambi i miei compagni.

Non gli avevo dato piacere. Non ero soddisfatta di me, e saperlo mi faceva male al cuore. Conoscevo a malapena questi uomini, ma erano miei, e io ero loro. Avevo bisogno che Zane fosse contento di me. Ne avevo bisogno con una disperazione che non avevo mai sentito prima d'allora.

Ma gli avevo dato tutto. Non avevo nient'altro da offrirgli. Niente.

L'urgenza era ormai svanita, da tutti e tre noi, e mi aveva lasciato una languida contentezza nel corpo. Non ero mai stata usata così bene, mai ero stata posseduta così bene e così completamente, anima e corpo. Una parte di me apprezzava questa sensazione, e una parte di me riusciva a sentire la voce di mia mamma che mi disapprovava e mi diceva che tutto quello che era appena successo era sbagliato. Due uomini? Prendere un cazzo nella bocca e uno nella figa? E goderne?

Sbagliato. Sbagliato. Sbagliato. Ero stata attratta dal lato oscuro. Mi ero trasformata in una troia, in una zoccola. Una dozzina di insulti mi attraversarono la mente. Ero una brava ragazza, giusto? Forse no. Forse ero cattiva. Forse ero corrotta. Forza Zane voleva che opponessi resistenza? Forse voleva che combattessi contro di loro? O che rifiutassi Dare? Forse, nel profondo, non voleva che mi piacessero?

Non c'era modo di saperlo, e non potevo chiederglielo di fronte a Dare. Diamine, forse non avrei avuto il coraggio di chiedergli proprio un bel niente. Era il comandante di un'intera flotta di navi. Forse non era destinato a essere felice. Forse, anche dopo tutto quello che aveva detto, non la voleva proprio una compagna.

Dare continuava ad accarezzarmi la pelle, e Zane si staccò da me tirando fuori il cazzo. D'improvviso ero sola. Collassai sulla poltroncina e mi rannicchiai stringendo le ginocchia al petto. Non sapevo cosa fare. Non sapevo cosa pensare o dire o sentire. Mi sentivo persa. Ero nello spazio solo da poche ore, e già mi ero trasformata in una donna che non riconoscevo. Avevo lasciato che due uomini mi scopassero e che usassero il mio corpo in modi che non avrei mai immaginato. E mi era piaciuto. Ero venuta sul cazzo di Zane come non se non vedessi l'ora. E non gli bastava. Il legame tra me e i miei uomini era eccitante durante il sesso, ma ora era una maledizione. Senza di esso, non avrei mai indovinato la delusione di Zane. Non mi sarei sentita come se avessi deluso qualcuno.

Mentre cercava di ricompormi, Zane mi afferrò con le sue forti braccia. Mi sollevò e mi mise nel suo grembo, il mio orecchio sul suo cuore che batteva, il mio corpo rannicchiato tra le sue braccia come quello di un bambino. Era enorme, un mostro tra gli uomini. Il mio mostro.

"Che c'è che non va, Hannah?" Una mano di massaggiava la schiena, e l'altra si appoggiò sul lato del collo, stringendomi forte. Dare si sedette di fianco a noi e prese ad accarezzarmi i capelli.

Non riuscivo a parlare. Non c'era modo di esprimere il vortice caotico di emozioni che minacciavano di farmi esplodere in un pianto che avrebbe fatto vergognare un capriccioso bimbetto di due anni.

Gli fui grata quando non mi costrinsero a rispondere. Mi stringevano e mi carezzavano come se fossi la cosa più preziosa di tutto l'universo.

Dopo parecchi minuti, ripresi il controllo di me stessa e mi rilassai tra le braccia di Zane. Riuscii persino a sorridere a Dare, che mi guardava con i suoi occhi verdi e preoccupati, molto diversi da quelli di Zane. Ora che avevo il tempo di riflettere e osservare, notai che Dare era un po' più scuro, il suo colorito era più drammatico, e i suoi occhi erano di un verde acceso, come l'erba d'estate, e non d'ambra scura come quelli di Zane.

Anche Dare era bellissimo, ma a modo suo. Era più basso di Zane di parecchi centimetri, e le sue spalle non erano altrettanto larghe, ma era comunque massiccio.

Guardai a sazietà, studiando gli angoli duri del suo volto, e mi accorsi che era ancora vestito. Tutti e due erano ancora vestiti, avevano tirato fuori solo i loro cazzi. I loro cazzi che erano ancora duri. Per qualche ragione, quello mi fece irritare tantissimo.

"Perché sono io l'unica ad essere nuda?"

Il sorriso di Dare era contagioso. "Perché sei la più bella."

Sorrisi. I complimenti non l'avrebbero aiutato. "Non sono d'accordo." Loro erano tutti e due bellissimi, i miei compagni. Ma non sapevo niente di loro. "Chi sei, Dare? Hai detto che sei un pilota, ma cosa fai esattamente?"

Prese una delle mie lunghe ciocche tra le dita, la massaggiò e la osservò affascinato. "Sono un pilota, Hannah. Sono il capo del nono stormo."

"Un altro soldato." Mi appoggiai a Zane, e fui contenta che lui sapesse di cosa avevo bisogno senza che dovessi chiederlo. Mi avvolse con entrambe le braccia e mi strinse forte, così da non farmi trascinare via dalle mie ondate di panico. La loro spiegazione sul perché tutti i guerrieri Prillon avevano bisogno di nominare un secondo aveva senso, eccome. Conoscevo a malapena questi due uomini, ma non volevo che morissero. Il solo pensiero mi fece correre un brivido lungo la schiena, e il dolore mi trafisse gli occhi. "Che vuol dire? Che cos'è uno stormo?"

"Sento che sei preoccupata, compagna. Non avere paura. Pilotiamo navi piccole, progettate per missioni di ricognizione, per spazi angusti e combattimenti diretti, ravvicinati."

Ripensai alle scene del mio film preferito in cui le navi si sparavano coi laser e si facevano esplodere in mille pezzi alla velocità della luce. Il mio cuore non si era ancora ripreso del tutto dall'attività sessuale, e subito cominciò a battermi furiosamente nel petto mentre mi immaginavo Dare in una di quelle navicelle che veniva inseguito. Mentre gli sparavano. E lo facevano esplodere.

Dio, che avevo combinato? Che cosa avrei dovuto fare qui su questa nave da battaglia? Accettare questi due guerrieri, aspettare un paio di settimane, un mese, vederli morire, e poi trovarmi un nuovo compagno? Ogni volta? Mi conoscevo fin troppo bene. Il mio cuore non avrebbe retto.

La paura della loro morte non era l'unica cosa che mi preoccupava. Bastava e avanzava, ma percepii qualcos'altro attraverso il collare. Non riuscivo a spiegarlo, ma sapevo che con questi uomini avevo trovato un'armonia che mai avrei creduto possibile. C'era questa sensazione, questa preoccupazione incalzante che Zane non mi stava dicendo tutto quel che sapeva, come se avesse un segreto, come se mi stesse nascondendo qualcosa.

Sapeva qualcosa riguardo alle loro morti imminenti e non voleva dirmelo? In quanto comandante della nave, di una flotta di navi, certo sapeva a che punto era la guerra. Perché non me lo diceva, e perché pensavo che, senza questo segreto, non avrei mai potuto accettare la sua rivendicazione?

Era per questo che si era trattenuto durante il sesso? Era questo segreto l'oscurità che scorgevo in lui? Mi aveva fatto attraversare mezza galassia pur sapendo che sarebbe morto? O mi stava nascondendo qualcos'altro? Un'altra amante? Una donna che desiderava più di me? Un passato che temeva non avrei accettato? Mi aveva trovata inadatta?

Scostai le braccia di Zane, sentii come se mi fossi concessa a un completo sconosciuto. Avevo dato a questi uomini il mio corpo, mi ero arresa, *sottomessa*. Avevo permesso che mi infilassero un dildo su per il culo e i loro cazzi nella bocca e nella figa. Mi ero concessa al piacere che loro sapevano come estorcere dal mio corpo. Eppure non mi avevano dato in cambio tutto quello che avevano. Zane si stava trattenendo, e Dare lo sapeva, certamente poteva percepirlo.

Zane mi lasciò andare e io mi alzai. Le gambe mi tremavano, mi sentivo come un gattino appena nato. Non avrei potuto vivere così. Non per sempre. Il programma di abbinamento doveva aver commesso un errore. Se Zane mi nascondeva qualcosa, non potevo fidarmi di lui con tutta me stessa. "Penso – voglio andare a casa."

$\mathcal{H}$annah

ENTRAMBI I GUERRIERI balzarono in piedi.

"No!" mi gridò Zane.

"Perché, Hannah? Che cosa abbiamo fatto che non ti è piaciuto?"

Scossi la testa e presi a gironzolare per la stanza, alla ricerca di qualcosa da mettermi addosso. Il lenzuolo sul pavimento non era adatto ai viaggi interplanetari. Avevo bisogno di trovare uno di quei cosi per il trasporto e farmi rispedire a casa. Non potevo vivere così, con i loro segreti. Era già abbastanza brutto innamorarsi di un guerriero che poteva morire da un momento all'altro. Zane, il mio abbinamento, era così certo della morte che incombeva che aveva già scelto un secondo compagno che si prendesse cura di me quando l'inevitabile sarebbe accaduto?

E, nel frattempo, non mi diceva tutto? Il mio compagno. Avrei dovuto dargli tutto. Mi sarei dovuta arrendere, anima e corpo. Eppure a lui era concesso rimanere un mistero, nascondere la parte più reconditta del suo io? E se io avessi accettato la sua rivendicazione, legandomi a lui per il resto della vita, solo per poi scoprire che era pazzo? O follemente geloso? O manesco.

No. Non potevo accettare Zane se mi nascondeva il suo vero io. Avevo già commesso quell'errore, sulla Terra, e sapevo che era una cosa da folli. Dovevo solo sopravvivere abbastanza a lungo da tirarmi fuori da quest'impiccio senza innamorarmi di nessuno di loro due. "È stato un errore, mi dispiace. Io – non posso farlo. Devo andare a casa."

Dare guardò Zane, chiaramente perplesso, e fece spallucce. Zane si rimise il cazzo nei pantaloni e si accigliò. "Tu *sei* a casa, Hannah."

"No." Guardai le pareti marroncine, le finestre oltre le quali pianeti e galassie si rincorrevano in un flusso infinito di quelle che sembravano stelle cadenti. L'arredamento era bullonato al pavimento, e i quadri sulle pareti raffiguravano paesaggi che sembravano tutti sbagliati. Volevo un cielo blu, degli alberi, dell'erba soffice sotto i piedi nudi. Volevo il cioccolato e il caffè e un uomo da amare che non se ne sarebbe andato là fuori, a fare del proprio meglio per farsi ammazzare domani, o il giorno dopo, o il giorno dopo ancora. "Devo andare a casa. Devo tornare sulla Terra."

Zane guardò Dare. "Va' a preparare un bagno per la nostra compagna."

Dare annuì e mi lasciò sola col mio compagno. Col guerriero che ero destinata a perdere.

Mi girai e raccolsi il lenzuolo ma, prima ancora che riuscissi a mettermelo addosso, le braccia di Zane mi avvolsero da dietro, e d'improvviso la mia schiena era premuta contro il suo petto. Le sue braccia muscolose mi circondavano, una attorno alla vita e l'altra sulle spalle. Non potevo muovermi, e per qualche strano motivo che non saprei spiegare, nemmeno a me stessa, mi calmai e cominciai a pensare. Essere stretta e avviluppata mi rassicurò.

"Hannah, dimmi che c'è che non va. Siamo stati troppo aggressivi? Ti abbiamo fatto male?"

Potevo sentire il volto che si scaldava a quelle domande. La risposta era no. Mi era piaciuto. Non era stato tanto aggressivo quanto il sogno nel centro elaborazione, la rivendicazione registrata a cui avevo assistito, ma era stato... magnifico.

"No, Zane. Non mi hai fatto male." Infatti, ne volevo ancora. Volevo che i miei guerrieri dominassero il mio corpo e mi facessero venire, ancora e ancora. Volevo dar loro ogni cosa – ma avevo paura. Quella debolezza fastidiosa che avevo per i maschi alfa stava facendo di nuovo capolino. E Zane era davvero il giusto abbinamento. Potevo sentire la connessione che c'era tra di noi – e anche con Dare – con la stessa facilità con cui sentivo il suo tocco sulla pelle. Era reale, e solida, e così forte che mi sembrava di poterla toccare. Volevo sapere tutto dei miei uomini. Volevo appartenere a loro per davvero. Volevo reclamarli per sempre come miei, fidarmi del programma di abbinamento o, Dio, di qualunque bizzarro scherzo del destino mi avesse portato qui, da questo guerriero. Volevo tuffarmi a capofitto e amarli entrambi, senza trattenere nulla, nulla. E *quello* era un problema. Avrei dato loro ogni cosa, il cuore, l'anima, la mente, e non sarebbe bastato. L'oscurità di Zane si espandeva, la sua insoddisfazione mi giungeva attraverso il collare con chiarezza, era come una campana che risuonava nella mia mente. Non ero abbastanza per lui. Non ero abbastanza, ma lui non riusciva a dirmelo.

"Hannah, parlami, o ti farò mettere di nuovo sulle mie ginocchia."

Fremetti a quella minaccia. Il sedere ancora mi faceva male a causa delle sculacciate di prima e del dildo che ancora mi riempiva. Sapevo che non mi minacciava in vano. Sospirai, e decisi che a questo punto avrei benissimo potuto dirgli la verità, o almeno parte di essa. La sua oscurità, il dolore che mi provocava? Avevo un po' di orgoglio. Quello lo avrei tenuto per me. "Non posso essere la tua compagna, Zane. Mi dispiace. So che il computer o quello che ti pare ci ha abbinato, ma non posso farlo."

"Temi le nostre morti. Percepisco la tua tristezza, Hannah, la tua paura. Tutti dobbiamo morire, Hannah. La morte fa parte della vita. Temi le nostre morti, oppure temi me? Vuoi provare un altro compagno? Stai invocando il tuo diritto di reclamare un nuovo compagno?" La sua voce era gentile, quasi silenziosa, e io riuscii a sentire i passi felpati di Dare dietro di me che ascoltava la nostra conversazione.

"No. Non voglio un altro guerriero." Zane allentò la presa e io feci un respiro profondo. "Non voglio essere una sposa. Voglio andare a casa." Parlavo dal profondo del mio cuore, e sapevo che lui poteva percepire la mia sincerità. Non potevo permettermi di innamorarmi di lui. Sarebbe stato un disastro. L'idea dell'amore perfetto, di un amore intenso, che ti consuma, era eccitante e divertente, qualcosa che tutte le donne sulla Terra sognavano. Ma sapere che avrei perso uno di loro, che li avrei persi entrambi, era troppo, troppo per me, specialmente quando sapevo che Zane aveva i suoi segreti, che non mi avrebbe riamata. Ero spaventata. Ero un coniglio. Lo ammetto, non proverò a negarlo.

Il silenzio si fece sempre più pesante mentre aspettavo la sua risposta. Se avessi dato loro tutto quello che avevo, e uno di loro fosse morto, non sarei sopravvissuta. Mi sarei infranta in un milione di pezzettini, sarei diventata polvere e il vento mi avrebbe spazzata via. Messa di fronte alla possibilità concreta di avere il tipo di uomo che avevo sempre desiderato, il tipo di uomo in cui avrei potuto perdermi, ero terrorizzata. Mi avrebbero posseduta. Corpo e anima. Io sarei stata loro, ma Zane? Percepivo le ombre dentro di lui, e questa sensazione era sempre più forte. Me l'avrebbe nascosta per sempre. La nostra connessione mi faceva percepire il nostro legame. E lui era il comandante, il guerriero più disciplinato dell'intera flotta interstellare. Se aveva deciso di trattenersi, non c'era un bel niente che potessi fare. Non l'avrei mai posseduto per davvero. Non potevo vivere così.

Due bip riempirono l'aria. "Comandante."

Zane si irrigidì dietro di me. "Sì," rispose.

"C'è bisogno di lei sul ponte di comando." La stanza era equipaggiata con una specie di sistema di comunicazione sparso per tutta la nave.

"Arrivo."

Dare si schiarì la gola. "Il suo bagno è pronto."

Zane sospirò. "Ne parleremo dopo, Hannah." Le sue braccia mi strinsero per un breve istante prima di voltarsi e consegnarmi a Dare.

Dare annuì e Zane lasciò la stanza senza dire nient'altro. Sapevo che, in qualche modo, l'avevo ferito, avevo ferito il comandante più formidabile della flotta Prillon. Ma era stato lui a chiedermi la verità. La verità era che ero pietrificata all'idea di legarmi a lui per sempre e poi vederlo morire, o vivere senza che diventasse mai mio. Entrambe le possibilità mi spezzavano il cuore.

"Vieni, Hannah. Non puoi andare da nessuna parte. Dimentichiamoci delle tue parole, per adesso. Lascia che ti aiuti con il bagno." Dare distese la mano verso di me e io l'afferrai lasciando che mi conducesse attraverso la piccola porta che avevo adocchiato a un lato della stanza. Aveva ragione. Dove potevo andare? Non avevo vestiti, non c'era modo di tornare a casa. Capii che Dare voleva confortarmi; ero sopraffatta. La conversazione non era finita. I miei dubbi non erano stati risolti, ma avrei aspettato. Ci voleva proprio un bel bagno. Ero indolenzita e appiccicosa.

Era strano camminare con il vibratore ancora dentro di me. "Dare," dissi evitando di guardarlo. "Che facciamo con... uhm, beh..."

Forse capì di cosa stavo parlando, oppure poteva percepirlo attraverso il collare.

"Il vibratore resta dov'è. È un vibratore d'addestramento, non è lì per darti piacere."

Mi accigliai, e dal suo sguardo capii che non avrebbe ceduto. Sospirai ed entrai nel bagno. Non era troppo grande, ma grande abbastanza per due, se non per tutti e tre noi. Dare mi tirò via il lenzuolo e si spogliò rivelando un petto muscoloso e definito, una schiena ampia e forte che si affusolava verso fianchi magri e gambe muscolose. Il cazzo gli penzolava ancora mezzo duro tra le gambe, e guardandolo mi rivenne in mente il suo sapore, il sapore del suo sperma che mi era colato nella gola.

"Smettila di guardarmi, Hannah, o ti scoperò di nuovo quella bocca dolce." Mi sollevò con un gesto veloce ed entrò nell'acqua calda e profumata, immergendoci tutti e due fino alle spalle.

Mi stringeva contro il suo petto, e io sentivo il suo odore, e il profumo che emanava la pelle mi confortò. Lo conoscevo da pochissimo, eppure il mio corpo già riconosceva il suo. Sapevo che sapore aveva il suo cazzo, di cosa odorasse la sua pelle. Smaniavo per assaporare il suo sperma, come un drogato con la prossima dose. Stavo perdendo il senno. Era l'unica spiegazione possibile.

Dare mi sistemò di fronte a lui nella vasca e mi risciacquò tutto il corpo con uno strano sapone che rilasciò un profumo di frutti esotici non appena mi toccò la pelle. In mano sua, il sapore aveva il suo stesso odore: una fragranza muschiata che mi faceva venire voglia di premere la faccia contro il suo petto e inalare il suo odore.

"Distenditi, Hannah. Voglio lavarti i capelli." La sua voce mi invase i sensi e mi diede un senso di conforto e sicurezza.

Mi sentivo come un bambino in una piscina. Mi prese la testa con le mani e mi spinse via il sedere, così da farmi galleggiare sulla schiena. Mi strinse con gentilezza e mi bagnò i capelli, poi mi fece mettere a sedere per massaggiarmi la testa. Era così bravo... mi lasciai andare inerme tra le sue braccia. Ero stanca e sopraffatta, e il suo tocco gentile rassicurò qualcosa dentro di me che non sapevo nemmeno avesse bisogno di essere rassicurata.

Lottavo ancora con l'idea di avere due compagni, ma quell'idea non era più pazzesca come sembrava all'inizio. Non se i miei compagni erano Zane e Dare. Ma non era l'amarli che mi spaventava a morte. No, era la paura di perderli. Ma anche se mi fossi costretta ad affrontare quella paura, ne avevo sempre un'altra, più oscura, che mi spaventava ancora di più – non essere riamata, non essere abbastanza per il mio compagno prescelto. Non sarebbe stata la prima volta che un uomo mi avrebbe trovata inadatta.

Dare finì di lavarmi e mi sollevò fuori dalla vasca per avvolgermi in uno sfarzoso asciugamano grigio. Si asciugò, poi si prese cura dei miei capelli avvolgendoli con un altro asciugamano, strizzando le punte bagnate fino a che non sgocciolavano più.

"Vieni, Hannah." Sembrava un dio del sesso con l'asciugamano avvolto attorno alla vita, e io non riuscivo a smettere di guardare. Mi prese la mano. "Hai fame? Ci vestiremo e poi ti porterò nella sala mensa."

"Non ho vestiti con me." Avevo indossato solo un

lenzuolo da quando ero arrivata. Come potevo andare in pubblico conciata così?

"Fidati di me."

Ritornammo nella camera da letto e Dare mi fece condurre su una piccola piattaforma nera in un angolo. La base era ricoperta da una griglia di linee verdi. Dare mi diede un bacio dolce, soffice.

"Togliti l'asciugamano e resta al centro. La nave prenderà le tue misure e creerà per te qualunque cosa di cui tu abbia bisogno."

La sua voce gentile e il bacio dolce mi misero a mio agio, e lasciargli togliere il mio asciugamano mi fece sentire come un gattino felicissimo. Nuda, salii sulla piattaforma e restai ferma mentre una griglia di soffici luci verdi scannerizzava ogni centimetro del mio corpo. Il collare vibrò e formicolò e io mi bloccai per quella stranissima sensazione. Quando le luci scomparvero, Dare distese la mano e mi aiutò a scendere dalla piattaforma. Stringevo il collare con le dita. "Che cos'è successo? Stava vibrando."

"Era il collare che comunicava direttamente con i sistemi della nave. La tua identità e le tue misure sono state caricate sull'S-Gen della nave."

"S-Gen?" C'era così tanta roba stramba da imparare. Mi sentii davvero fuori dal mio ambiente. La piattaforma si illuminò con una viva luce verde che si concentrò sulla base. Non riuscivo a distogliere lo sguardo da quello spettacolo e, quando le luci si spensero, un mucchio di stoffa giaceva in terra.

"Generatore spontaneo di materia." Dare raccolse il mucchio di stoffa. Quando la dispiegò, vidi che era una tunica lunga fino alle ginocchia, con degli strani leggings attaccati sotto. Dare me la diede e vidi che dietro era aperta. Mi infilai i leggings e li tirai su, e infilai le braccia nelle lunghe maniche. Appena la indossai, il materiale mi si richiuse sulla schiena. Mi calzava come una seconda pelle. Dare mi squadrò, soffermandosi con lo sguardo sulla scollatura che metteva in risalto il mio collare. La sua attenzione si spostò quindi sui miei seni e sulla vita, e poi sulla gonna che mi arrivava quasi alle ginocchia. I leggings mi coprivano completamente fino alle caviglie, e i miei piedi scalzi sembravano stranamente fuori posto.

Dare premette la mano contro una grande indentatura dell'S-Gen. "Degli stivali per Lady Deston." Al suo comando, ecco che la luce verde ritornò, lasciando un paio di stivali che mi avrebbero coperto giusto al di sopra delle caviglie. Me li porse e me li misi ai piedi. Pensavo che sarebbero stati strani senza calzini, ma gli stivali mi si strinsero attorno ai piedi così come aveva fatto il vestito attorno al mio corpo, e dentro erano soffici come seta.

Dare ordinò dei vestiti anche per lui e si mise un'uniforme pulita prima di prendere entrambi i nostri asciugamani e arrotolarli. Premette un bottoncino di fianco all'unità S-Gen e un cassetto uscì fuori dal muro. Vi mise gli asciugamani e le lenzuola, poi raccolse l'uniforme che si era tolto e buttò anche quella nel cassetto prima di richiuderlo. Una luce verde filtrò dai bordi del cassetto e io mossi la testa per guardare.

"Tutta la materia viene ridotta all'essenziale e riusata dal sistema."

Ci pensai per un momento e mi guardai attorno nella stanza. Non c'erano cassetti, né stivali sul pavimento, né cibo smangiato sul tavolino vicino al letto. "Utilizzate tutto una volta sola e poi lo riciclate?"

Sorrise. "Sì. Le particelle subatomiche che hanno costruito il tuo asciugamano potrebbero essere usate per farti delle scarpe domani, o una tazza per la zuppa il giorno dopo. Tutto qui a bordo è riciclato. Nessuno soffre la fame, né la sete. Nessuno è povero. Fino a quando la nave avrà energia, potremo creare tutto ciò di cui abbiamo bisogno."

Oh, porca miseria. Mi guardai i vestiti. Erano bellissimi, ma c'era un piccolo problema. Avevo portato body e altri vestiti interi, ed erano un bel problema quando si trattava di andare al bagno.

Ora che ci pensavo, non avevo visto il water nel bagno. Mi guardai intorno. Non ce n'era nemmeno uno. Non ne avevo ancora avuto bisogno, e quindi mi era passato di mente. Il che era strano, sbagliato. Forse avevo qualche problema, dopotutto? Il trasporto mi aveva scombussolato i reni?

"Che c'è, compagna? Dimmi pure." Dare sollevò la mano e mi toccò la guancia. Io rimasi ferma e lo lasciai fare. Il suo tocco era così familiare. Era più facile da gestire di quello di Zane. Ma, per qualche motivo, mi preoccupavo del mio comandante. Era così duro, e forte. Un sacco di gente – un'intera flotta di guerrieri – contava sulla sua forza. E io avevo ferito i suoi sentimenti. La piccola Hannah, maestra d'asilo dalla Terra. Mi erano bastate poche parole sincere per ferire il mitico comandante.

Ottimo. Nessun water, e ora mi sentivo pure come una stronza senza cuore. Le cose andavano di bene in meglio.

Sospirai. Potevo chiederlo a Dare, non importava quanto fosse imbarazzante. "Non vedo un water."

Dare aggrottò la fronte. "Non capisco, e i miei processori non riconoscono quella parola. Di cosa hai bisogno?"

Cazzo. Come glielo spiegavo? Mi sentii le guance arrossire, e questa volta non per l'eccitazione. Imbarazzo, puro e semplice. "Sai, il posto dove vai quando devi liberarti dei rifiuti naturali del tuo corpo? Voi non dovete mai, sapete, svuotarvi la vescica?"

La comprensione gli comparve sul volto. Rise di me, facendomi incazzare e arrossare ancora di più la faccia. "Il dottor Mordin non te lo ha spiegato?"

"Spiegato cosa?"

"Ogni cosa viene mandata nel sistema di riciclaggio dell'S-Gen. Persino i rifiuti biologici del tuo corpo."

"Come?" Ma che diavolo stava dicendo?

"Senti il bisogno di svuotare la vescica?"

Ci pensai per un momento, facendo il punto di come mi sentivo. "No."

Sorrise e apparve sollevato. "Bene. Mi hai fatto preoccupare, compagna. Ma sembra che gli impianti che ti hanno innestato durante la visita medica funzionino a dovere."

"Impianti?"

"Sì. Dei congegni di recupero ti sono stati impiantati all'interno dei tuoi sistemi di smaltimento. Lo facciamo ai nostri figli quando nascono. Il sistema ti pulirà il sangue, e trasporterà e rimuoverà tutti gli scarti dal tuo corpo non appena vengono generati."

Oh, diamine. Avevo chiuso per sempre con i bagni?

"Quindi, non dovrò mai più – sai – proprio mai più?"

"No, a meno che non tu esca fuori dalla portata dei sistemi della nave. Se dovessi esplorare un nuovo pianeta, e perdere contatto con il nostro sistema, allora i vecchi processi biologici del tuo corpo riprenderanno a funzionare normalmente."

Che cosa strana. Non che ne avrei sentito la mancanza, ma d'improvviso mi sembrò di essere un'aliena. O comunque qualcosa di strano, non umano. Mi allisciai l'uniforme con le mani tremanti.

"Quindi il vibratore – "

"Resterà fino a quando lo riterremo opportuno," rispose.

Era tempo di pensare ad altro.

Il colore noioso dei miei vestiti era comunque meglio di essere nuda, ma i motivi neri e marroni lasciavano un po' a desiderare. Mi piaceva indossare colori sgargianti, il rosso, il blu, il viola. "Indossano tutti dei vestiti come questo?"

Dare sembrò confuso alla domanda. "Certo. E perché no?"

Feci spallucce, non volendo offendere né lui né la sua gente. "Anche le donne? E i bambini?"

Incrociò le braccia sul suo petto enorme e si accigliò. "Sì. Hannah, non ti piace il tuo vestito? L'uniforme è progettata per proteggerti da temperature estreme e da attacchi fisici. Il materiale è impenetrabile, così come la mia armatura. Sul tuo mondo le donne non si vestono così?"

Tirai le mani attorno ai polsi e provai a sorridere. Nero. Ogni giorno. Per sempre.

Puah.

"No, ma mi adatterò." Proprio in quel momento il mio stomaco decise di brontolare e mi accorsi di star morendo di fame.

Dare mi guardava come se fossi un'aliena, il che, come continuavo a capire, secondo dopo secondo, era vero. Almeno ai suoi occhi.

"Vieni con me, compagna. Hai bisogno di mangiare, e immagino che ti piacerebbe fare un tour della nave, giusto? Ho ancora qualche ora prima di dovermi presentare a rapporto."

Mi tormentai il labbro inferiore con i denti. "Devi andare in missione?"

"Sì."

"Ma perché? Credevo che ci stessimo muovendo per ritornare in prima linea."

"E infatti è così. Ma il mio team conduce delle missioni di ricognizione per assicurarsi che la flotta non incontri brutte sorprese."

"È pericoloso?"

Il suo sorriso si fece feroce, da predatore. "Io sono pericoloso. E non solo per i miei nemici, spero." Si sporse verso di me e mi baciò sul collo, e mi vennero i brividi su ogni centimetro del corpo. Il mio collare si scaldò e il clitoride prese a pulsare.

No, non solo per i suoi nemici. Zane mi sopraffaceva, mi preoccupava, ma Dare era sgattaiolato attraverso le mie difese come un ladro.

"Ho fame, e mi farebbe molto piacere vedere la nave." Era tempo di esplorare il mio nuovo mondo e trovare alla svelta un'unità di trasporto. Dal modo in cui mi sentivo verso di loro, verso Dare e Zane, sapevo che dovevo andarmene di qui il prima possibile, prima che fosse troppo tardi, prima che mi innamorassi follemente di loro. Zane non era contento di me. Lo sentivo benissimo. Andarmene ora era l'opzione migliore. La vera domanda era: sarei dovuta partire per lo spazio con un vibratore su per il culo?

$\mathcal{H}$annah

LA SALA mensa era piena di gente. Lo spazio era piccolo, ci entravano non più di cento persone. Una dozzina di bambini in età prescolare si rincorrevano in mezzo ai tavoli, le loro madri erano sedute e bevevano un liquido fumante dalle loro tazze. A uno dei lunghi tavoli da pranzo c'erano, sparsi qui e là, piccoli gruppi di guerrieri, la maggior parte dei quali non indossavano nessun collare. Sorridevano e lasciavano che i piccoli si arrampicassero su di loro e gli facessero domande. A un altro tavolo due guerrieri sedevano con le loro donne – avevano i collari dello stesso colore. Notai subito una coppia. Mi cascò la mascella e il mio cuore cominciò a battermi eccitato. Dare provò a tirarmi verso una piccola unità S-Gen montata sul muro, ma feci resistenza.

"È umana."

Dare capì cosa stessi fissando – non potevo farne a meno – e annuì. "Sì. Quella è Lady Hendry. Il guerriero seduto di fronte a lei è il suo compagno primario, il Capitano Hendry. Sarà qui per incontrarsi con il comandante prima che raggiungiamo il fronte."

Dare mi tirò di nuovo per il gomito, e questa volta lo seguii verso l'unità S-Gen nel muro. Era grande quanto un microonde, e aveva la stessa base nera e la strana griglia verde dell'unità nell'appartamento di Zane. Lo stomaco mi brontolò di nuovo. Stavo morendo di fame.

"Metti il dito sull'attivatore, così." Dare premette il pollice su una piccola indentazione nel muro proprio di fianco alla macchina. "E di' alla macchina cosa vuoi mangiare." Ordinò qualcosa che non avevo mai sentito nominare, rimosse il pollice e aspettò pazientemente mentre l'interno della scatola si colorava di una luce verde acceso. Quando la luce si spense, lì per lui c'era un piatto di cibo fumante, con tanto di una bacchetta le cui estremità erano un coltello e una forchetta. Prese il suo piatto e si girò verso di me: "Tocca a te."

"Non so cosa chiedere." Non lo sapevo davvero. Non avevo idea di che aspetto o sapore avesse il loro cibo. Volevo solo un po' delle lasagne di mia madre e della baguette.

Sorrise. "Quando ha saputo che stavi arrivando, il comandante ha ordinato un menu completo dai centri di elaborazione della Terra. La nave è stata programmata con oltre duemila ricette del tuo mondo. Voleva che fossi felice." Disse queste ultime parole con sincerità, come se dubitassi che Zane l'avesse fatto proprio per me.

Guardai di sfuggita l'altra donna umana e il suo

compagno. Avevano due bimbi adorabili. Quello più grande, una ragazzina dolcissima, sembrava avere circa quattro anni. Il suo fratellino gattonava in giro. Dare mi guardava mentre provavo a capirci qualcosa.

"Anche Lady Hendry mangia cibo della Terra. Ma, prima del tuo arrivo, il menu del tuo pianeta natale aveva a malapena un centinaio di scelte, e solo dal suo paese. Tutte le spose di Prillon stanno celebrando il tuo arrivo. Deston è l'ufficiale di più alto grado ancora in servizio. Nessuno, tranne il Prime o il Principe Nial, avrebbe potuto richiedere al programma di creare questo menu per te."

Distolsi lo sguardo da quella coppia felice e osservai la S-Gen. Non succedeva nulla. Posizionai il pollice sul pulsante. "Lasagna e baguette."

La voce del sistema computerizzato della nave, una voce gentile di donna, mi rispose facendomi sobbalzare per la sorpresa: "Gradirebbe qualcosa da bere, Lady Deston? Rilevo che il suo corpo è leggermente disidratato."

Avevo una sete da matti. "Come fa a saperlo?" chiesi a Dare.

"Il tuo collare controlla i tuoi sistemi vitali. In continuazione. Una volta che ti avremo reclamata, il sistema ti aiuterà a bilanciarti, dovessi averne bisogno."

Scossi la testa, ordinai un bicchiere di acqua e limone e mi voltai di nuovo verso Dare: "Ma che vuol dire?"

Dare afferrò il mio piatto e io lo seguii bevendo la mia acqua ghiacciata. Sapeva di paradiso. "Vuol dire che, quando sei disidrata o malata, gli impianti addizionali che riceverai dopo che ti avremo reclamata saranno in grado di trasportare acqua o altri nutrienti direttamente nelle tue vene. Così come rimuove i tuoi rifiuti organici."

Mi sedetti su una morbida sedia marrone, Dare si sedette di fronte a me. "Perché mangiate, allora?"

"Perché ci piace." Guardò il mio piatto con curiosità. Ficcò il dito nel formaggio sciolto e nella marinara. Lo assaggiò, prendendosi il suo tempo per assaporarlo per bene. Lo guardavo curiosa di sapere cosa pensasse del cibo della mensa.

"Hai mai mangiato cibo della Terra?"

Annuì. "Sì, giusto un paio di cose. Ho provato la vostra birra, e qualcosa chiamato 'hot-dog'." Fece una smorfia e scosse la testa. "Non esattamente il mio cibo preferito. Ma questo?" Sollevò la sua strana forchetta e si tagliò un pezzo della mia lasagna. "Questo è fantastico."

Vidi lo stupore sul suo volto e non potei fare a meno di ridere. Era come un bambino che aveva appena trovato un nuovo giocattolo. "Vuoi che te ne ordini una?"

Sorrise. Ma, prima ancora che potesse rispondermi, qualcuno si avvicinò al nostro tavolo. Mi girai e vidi la donna umana dai lunghi capelli biondi che fissava il mio piatto, come se non avesse mai provato le lasagne in vita sua. La sua voce era melodica, e mi ricordò la mia insegnante di musica delle superiori.

"Oh, mio Dio. È quello che penso che sia?" Il suo compagno era in piedi dietro di lei con un'espressione confusa. Teneva in braccio la loro figlioletta, che stringeva le mani attorno al collo del papà e aveva un'espressione contentissima sul volto. Conoscevo bene quella sensazione; mi ero sentita così, quando Zane mi aveva stretta tra le sue braccia. Il ragazzino era aggrappato alla gamba di sua madre.

"Se pensi che sia una lasagna, allora sì."

Gli occhi le si illuminarono deliziati, e cominciò a battere le mani tutta eccitata. "Sì! Sono quattro anni che non mangio altro che maccheroni al formaggio! Tu devi essere Lady Deston." Mi porse la mano e gliela strinsi.

"Mi chiamo Hannah."

"Anne." Mi guardò negli occhi. In parte, capivo come si sentiva. Era bello vedere qualcuno da casa. Mi ricordai le parole della Custode Egara, che sarei stata la prima volontaria dalla Terra. E quindi Anne doveva essere una carcerata. Mi chiesi cosa avesse mai fatto per essere condannata e spedita su un altro pianeta. E, non appena ci pensai, capii che la sua punizione *era* proprio essere spedita su un altro pianeta. Ma non sembrava dispiacerle. Infatti, guardandola assieme al suo compagno e ai suoi bambini, era piuttosto felice.

"Piacere di conoscerti."

"Su, mamma." Il piccoletto sollevò le braccia cicciottelle, e io lo osservai meravigliata. Non era feroce come quel guerriero che era suo padre, ma non era nemmeno del tutto umano. Gli occhi della bambina erano identici a quelli del guerriero che la teneva in braccio, e quindi quello doveva essere suo padre. Ma il piccoletto? Aveva un aspetto leggermente diverso, con occhi verdognoli e un colorito differente di pelle. Era forse il figlio del secondo compagno di Anne? Anne ce l'aveva un secondo compagno? Tutte le spose Prillon ne avevano uno, no? Beh, anche io avevo due compagni, ma ora ero da sola con Dare. Forse il suo altro compagno era fuori a pilotare una navicella, o cose del genere.

Non ne avevo idea, e di certo non glielo avrei chiesto. Entrambi i bambini erano adorabili, e tutt'a un tratto immaginai me stessa con un paio di bambini miei, uno con gli occhi ambrati di Zane, e l'altro con gli occhi grigi di Dare.

"Hai dei bambini bellissimi." Le sorrisi mentre si piegava per sollevare il figlio. Il mio complimento era onesto.

"Grazie." I nostri sguardi si incrociarono, e capii di aver trovato un'amica. "Che cosa facevi? Voglio dire sulla Terra."

Nessuno me lo aveva chiesto. Era bello avere una conversazione normale. "Ero una maestra di asilo."

"Wow! Devi avere la pazienza di una santa. Io ero un'infermiera."

Sangue. Budella. Muco. Bleah. "Wow. Io non potrei mai farlo. La vista del sangue mi fa svenire."

"A ciascuno il suo." Ridacchiammo entrambe. Il suo compagno ci interruppe.

"Mi spiace, amore mio, ma dobbiamo andare. Dobbiamo tornare sulla nostra nave. Tra un'ora ho un meeting." Quell'uomo gigante parlò per la prima volta, e tutto il corpo mi si irrigidì. Conoscevo quella voce. Oh Dio, sì che conoscevo quella voce – che mi chiedeva se accettavo la sua rivendicazione – che mi stringeva il collo con la sua enorme mano e stringeva il mio corpo nudo contro il suo petto da gigante, mentre un altro uomo, il suo secondo, banchettava con la mia figa –

I ricordi mi inondarono di calore, e dovetti abbassare

lo sguardo sul piatto sperando che il mio stupido corpo si calmasse e mi lasciasse in pace. Ma non fui così fortunata. Questa volta l'uomo parlò proprio a me: "Benvenuta, Lady Deston. Che tu possa essere felice con noi, come sposa Prillon."

"Grazie." La mia risposta fu più che altro uno squittio.

Anne mi toccò il braccio e io sapevo che dovevo guardarla, o sarei sembrata una maleducata. Quando la guardai dentro i suoi occhi blu, vidi che lei sapeva quel che scorgevo, cosa avevo passato nel centro elaborazione spose. Lei lo *sapeva*. Glielo vidi negli occhi mentre la grande mano del suo compagno le si posava sul fianco. Le sue prossime parole me lo confermarono: "Il procedimento di elaborazione?"

Non potevo guardarla negli occhi e mentire. Proprio non potevo. "Sì. Mi dispiace."

Gettò la testa all'indietro e rise sonoramente, una risata piena di gioia. Io mi bloccai, scioccata dalla sua reazione. Mi sarei aspettata rabbia o imbarazzo. Invece, lei non poteva smettere di sorridere. "Prego, *Lady Deston*." Enfatizzò ampiamente il mio nuovo titolo. "Ma prego, prego, prego."

Spalancai gli occhi. Mi fece l'occhiolino e il suo compagno la condusse con gentilezza verso la porta. Si voltò per guardarmi. "Saremo grandi amiche, Hannah. Ci vediamo presto."

La salutai mentre se ne andava e mi voltai vedendo Dare che mi studiava, le narici ingrossate come potesse sentire l'odore della mia eccitazione. E allora mi ricordai che, infatti, poteva eccome, la *sentiva* attraverso la nostra connessione. Arrossii colpevole, sapendo di essere diventata d'un rosa acceso. Mi era piaciuto... no, avevo amato quel che il Capitano Hendry e il suo secondo avevano fatto ad Anne. Smaniavo per quel tipo di dominazione.

"Spiegati, Hannah."

Scossi la testa, rifiutandomi di dirgli quel che provavo davvero, e invece presi il mio primo boccone di lasagna. Il sapore del pomodoro, dell'origano, della mozzarella e della pasta mi esplosero in bocca. Era la miglior lasagna che avessi mai assaggiato. Emisi un piccolo suono di piacere e mi affrettai per mangiarne ancora, con lo stomaco che d'improvviso era una caverna vuota e dolorante.

Dare mi guardò, poi decise di lasciar correre e cominciò a mangiare velocemente.

Quando entrambi finimmo di mangiare, una donna Prillon dal volto gentile venne verso di noi e sorridendo prese i nostri piatti. La ringraziai e lei mi fece un inchino. "Piacere mio, Lady Deston. Benvenuta. Che lei possa trovare la gioia tra di noi."

"Grazie." Alzai lo sguardo per vedere chi c'era ancora nella sala mensa: otto guerrieri senza compagna, sei bambini piccoli con le loro madri, e una coppia sui sessanta. E ci guardavano tutti. Mi girai verso Dare, non ero a mio agio al centro dell'attenzione. "Perché mi guardano?"

Si impettì, pieno di orgoglio, e sorrideva come un uomo che si sente generoso e fin troppo compiaciuto di sé stesso. "Aspettano di incontrare la loro nuova lady. Il comandante è il terzo nella linea di successione per diventare Prime."

Non avevo idea di cosa fosse un Prime, e la mia confusione mi si leggeva in volto.

"Il comandante del nostro pianeta. Il nostro re."

Cazzo. Deston era il terzo nella linea di successione al trono del suo cavolo di pianeta? Mi si strinse il petto. Caldo. Faceva parecchio caldo qui.

Guardai una coppia che si stava avvicinando e poi Dare, che sembrava godersi il mio momento di panico, e infatti continuò: "Zane, mio cugino, è anche il guerriero più temuto sul fronte. È il comandante di un'intera flotta della coalizione, non solo di questa corazzata e del suo battaglione. Hannah, tu sei la sposa del Comandante Deston. Il secondo membro di più alto grado dell'intera flotta."

"Cosa? Che cosa vuol dire?" Sussurrai quella domanda di fretta, il guerriero più anziano e la sua sposa erano ormai vicini al nostro tavolo. Non ne sapevo niente della guerra, di corazzate, o di nemici. Io sapevo come pulire nasini, cantare canzoncine e dipingere l'alfabeto con gli acquerelli.

Dare si appoggiò allo schienale della sedia e incrociò le braccia sul petto, annuendo in modo quasi impercettibile all'uomo diretto verso di me. "Il Prime governa sul nostro pianeta, ma il comandante dirige tutte le forze armate della coalizione. Il suo potere reale e la sua influenza sono più grandi di quelli del Prime, poiché Zane è a capo di guerrieri provenienti da tutti i pianeti membri. Zane governa questa regione di spazio. Sulla Terra, Hannah, ti chiamerebbero regina, se non sbaglio."

Passai l'ora successiva ad essere presentata a tutti quelli che erano nella sala. Non potevo lamentarmi.

Erano amichevoli, calorosi, e sembravano genuinamente felici di conoscermi. Provai a sorridere e fare quattro chiacchiere, ma la verità era che, con lo stomaco pieno e gli eventi del giorno che mi avevano spossata, ero davvero stanca. Dare mi guardava come un falco e, nell'esatto momento in cui l'ultima piccola mano cicciottella strinse la mia, si alzò.

"Grazie per la vostra gentilezza nei confronti di Lady Deston, ma come potete capire è molto stanca dopo il suo trasporto. Ora la riporterò nei nostri alloggi a farla riposare."

Tutti annuirono comprensivi. Dare mi avvolse con il braccio attorno alla vita e mi condusse fuori dalla stanza esattamente come il Capitano Hendry aveva fatto uscire Anne. Dare svettava sopra di me, e non tolse via la mano quando ci incamminammo lungo il corridoio che portava ai nostri alloggi.

Le mura, da un arancione scuro, si fecero blu, e poi tornarono ad essere di quel marroncino color crema che ormai mi era familiare, e sapevo che ciò voleva dire che eravamo vicini ai nostri alloggi. Pensai a Zane. Era a capo di un'intera flotta dell'esercito, lo stesso esercito che proteggeva la Terra e tutti i pianeti membri? E lui lo comandava tutto?

E, cosa più importante, ora era nei nostri alloggi che mi aspettava? Con cosa avrei avuto a che fare quando quelle porte si sarebbero aperte?

Dare sentì i muscoli della mia schiena che si contraevano attorno alla spina dorsale.

"Il comandante resterà sul ponte di comando per tutta la notte. Presto saremo al fronte. Ho ancora qualche ora prima di dovermi presentare a rapporto. Poi Zane ritornerà. Ci prenderemo sempre cura di te, Hannah. Non sarai mai sola, indifesa, non finché saremo vivi."

"Sì, ma voi potete *morire*. Entrambi. Non posso darmi a un uomo – a due uomini – che mettono le proprie vite in pericolo."

"Hannah, tu sei una sposa di Prillon. Se ti hanno mandata qui significa che sei come noi, Hannah, che cerchi i bordi più duri della vita. Ti piacciono le punte di dolore che ti dà la paura, il senso di pericolo."

Mi ricordai del sogno e della mano attorno alla mia gola. Non era reale, ma l'avevo *sentita*. Mi era piaciuta, mi era piaciuto essere legata, sottomettermi non a un uomo, ma a due; il suo potere su di me era chiaro dal modo in cui mi toccava.

"Dal colorito delle tue guance vedo che anche tu ammetti che è vero." Feci per parlare, ma Dare sollevò la mano e si infilò un dito nel collare. "Non puoi nasconderlo. Forse Zane può decidere di negarlo, per paura di farti del male, ma io lo vedo chiaramente. Sei stata abbinata a Prillon a causa del tuo coraggio, in battaglia e tra le lenzuola. Se non fossimo dei guerrieri, non ci vorresti. Devi cedere all'abbinamento, fidarti."

"Sì, ma..." Cominciai, ma subito mi morsi il labbro.

Dare inclinò la testa. "Cosa?"

Mi tirai il collare. "Sento... sento che si sta trattenendo."

Le sopracciglia di Dare si sollevarono. "Lui è il comandante. Ha parecchi segreti."

Quella risposta era vaga, ma probabilmente vera. Il muro che sentivo, serviva a Zane per proteggermi dagli orrori della guerra? Era una domanda che valeva la pena farsi, e quindi annuii. Avrei avuto bisogno di tempo per pensare e, forse, di più tempo per stare con Zane.

"Allora," disse Dare mettendosi di fianco a me e accarezzandomi la guancia con le nocche. "Entrambi i tuoi compagni hanno bisogno di essere presenti per continuare il tuo addestramento. Zane non c'è stasera, ci sono solo io."

Mi odiai quando il mio corpo si rilassò alla notizia. Zane era così grande, così intenso e, diamine, era così difficile resistergli. La connessione con lui era ancora più potente di quella con Dare. Non volevo affrontare le mie paure nei suoi riguardi, perché quella forte connessione significava anche una forte paura di deluderlo. La sola idea mi lacerava.

Ero attratta da Zane perché era un guerriero? Non aveva senso, perché tutti gli uomini sulla Terra mi avevano fatto scappare dalla loro aggressività. Avevo imparato che le loro preoccupazioni erano sempre egoistiche. Ma, con i guerrieri di Prillon Prime, sapevo che quello che sentivo attraverso il collare non poteva essere una menzogna.

Non volevo affrontare le mie emozioni nei confronti di Zane. Erano ancora troppo feroci. Uno sbadiglio minacciò di scapparmi dalla bocca, ma le parole di Dare rovinarono quella sensazione soffice e serena.

"Abbiamo solo poche settimane per prepararti alla rivendicazione, e io non sono certo il tipo che trascura la propria compagna."

9

Hannah

DARE APRÌ la porta dei nostri alloggi e mi fece entrare. Non appena la porta si chiuse, il mio compagno gentile e considerato scomparve.

"So che Zane è cauto con te."

Mi voltai e mi accigliai. E quindi Zane *si stava tratte-nendo*! Lo avevo sentito attraverso la nostra connessione, ma quando Dare me lo confermò mi sentii a disagio. Era difficile crederlo dopo la scopata. Dio, che scopata, era stata incredibile. Che altro voleva Zane che non gli avevo dato? Di cos'altro aveva bisogno? Gli avevo dato tutto. Gli avevo dato tutto – ma non il mio cuore. Quello era ancora mio. "Perché Zane dovrebbe – voglio dire..."

"Zane crede che tu sia troppo debole, troppo piccola per prendere i nostri cazzi nel modo in cui vogliamo scoparti." Dare si sporse in avanti e mi sfiorò il mento con le dita. "Io non sarò tenero con te, compagna. Ho bisogno che il tuo corpo si prepari per me." Mi baciò con dolcezza, e mi ci volle un momento extra per comprendere le sue parole. "Non voglio aspettare più del necessario per reclamare ciò che è mio."

Ripensai a quando eravamo insieme a Zane. Stavo confondendo il piacere con il potere? Zane mi aveva trattato come qualcosa di fragile? Qualcosa che si potesse rompere? E se era così, sarei stata di sopportare qualcosa di più, fosse stato necessario? Oppure mi sarei infranta, come temeva lui? Mi avrebbe dato l'opportunità di testare i miei limiti? E volevo che lo facesse?

Il solo pensiero mi fece contrarre la figa. Dio, sì. Volevo che mi spingesse. Volevo sentirmi completamente posseduta. Volevo fidarmi di Zane, volevo credere che lui sapesse *fino a dove* potesse spingermi. Volevo chiudere gli occhi e arrendermi a lui. Ma ancora non ci riuscivo. Potevo sentire l'oscurità che lo dominava. Aveva paura di qualcosa. Temeva di farmi del male? O di potermi rompere? "Sono tanto piccola, rispetto alle vostre donne?"

Dare mi sollevò le braccia sopra la testa e le tenne così, squadrandomi da capo a piedi. "Sì, sei piccola."

"E anche Anne. Eppure sembra che vada tutto bene con il Capitano Hendry."

Dare ridacchiò. "È più alta di te di almeno dieci centimetri, piccola mia. Con un culo più grosso e delle spalle più larghe.

Era vero. Anne era più alta di me, ma io ero

comunque nella media, almeno sulla Terra. E di certo non ero piccola. Stando al mio dottore, dovevo perdere almeno dieci chili. Abbassai le braccia e mi coprii il ventre morbido. Mi vergognavo. Era per questo che Zane si tratteneva? Ero troppo grassa? Troppo morbida? Troppo –

"Alza le braccia, Hannah. Come se volessi toccare il soffitto." Dare parlò con un tono di voce profondo e prese a guardarmi il petto; era chiaro che la vista dei miei seni all'infuori avevano catturato tutta la sua attenzione. Beh, almeno essere un po' grossa aveva i suoi vantaggi. Tette più grosse.

Rimasi ferma, non sapevo cosa fare, ma il suo tono imperioso mandò un'ondata di elettricità sulla mia pelle. Mi era permesso di stare da sola con Dare, senza Zane? Non lo sapevo. Cosa avrei dovuto fare?

Sollevai le braccia con lentezza. "Possiamo – voglio dire – senza Zane?"

"Io sono il tuo secondo compagno, Hannah. Indossi il collare, e io ho accettato la tua rivendicazione."

"Io non ho –"

"Rifiuti la nostra connessione? Mi rifiuti come secondo?" Dare si avvicinò sempre di più fino a quando il suo petto mi finì davanti alla faccia ostruendomi la vista. "Mi rinnegheresti, e chiederesti a Zane di nominare qualcun altro?"

Il tono della sua voce mi fece contrarre la figa. Mi piaceva questo lato da dominatore. "No." Non avevo idea se potevo calcare la mano o meno, ma non volevo un altro compagno, o un altro secondo. Zane era *mio*, lo sapevo fin dentro le ossa, anche se lui non provava la stessa cosa.

Ma Dare? Stava già reclamando un pezzo del mio cuore. E nonostante avessi bisogno di un altro compagno dominante così come avevo bisogno di un buco in testa, lo desideravo ardentemente. Il morso feroce delle sue parole era bastato a farmi bagnare tutta.

Dare si schiantò con le sue labbra sulle mie, con la lunga lingua che mi stuzzicava e mi assaporava come se non potesse mai averne abbastanza.

Sentii le sue mani enormi che mi avvolgevano il collo. Tirò l'uniforme che avevo indosso e la parte che mi copriva la metà superiore si aprì a metà lungo la schiena.

"Oh!"

Cominciò a staccarmela lentamente di dosso, lasciando che la sua bocca continuasse a baciarmi sulla pelle nuda a mano a mano che mi spogliava. Le spalle, le braccia, i seni, lo stomaco, e le cosce... tutto sentì il turbinio della sua lingua. Quando si inginocchiò per tirarmi giù i vestiti, rimasi lì in piedi, nuda e tremante. La mia stanchezza era sparita, ed era stata velocemente rimpiazzata da un desiderio pulsante.

"Distenditi sul letto. Sullo stomaco. Aspettami lì mentre scelgo un altro dildo per l'addestramento."

Mi diressi verso il letto e mi contrassi attorno al dildo che era ancora dentro di me. Strisciai sulle lenzuola setose. Il materiale rosso scuro sotto le mie mani sembrava raso. Arrivai al centro del letto e mi distesi. Dare si prese il suo tempo per scegliere con cura un dildo e, quando si voltò dentro di me, vidi che ne aveva preso uno di una taglia più grande. Nell'altra mano teneva una bottiglietta di lubrificante. I nostri sguardi si incrociarono. Dare si avvicinò e la figa mi si contrasse di fronte alla lussuria che scorsi nei suoi occhi.

Prima ancora che potessi sistemarmi, era già di fianco a me. Mi poggiò il dildo sulla schiena perché ne sentissi il peso e l'ampiezza.

"Allarga le gambe, Hannah. Fammi vedere ciò che è mio." Fui troppo lenta nell'obbedire, e subito mi diede un sonoro schiaffo sul sedere. Il dolore mi si sparse sulle natiche dolenti come fuoco vivo, e morsi il letto per non gridare. Allargai le gambe di qualche centimetro. Ma Dare, stanco di aspettare, si mosse e mi allargò le ginocchia con entrambe le mani. Prese un grosso cuscino dalla testiera del letto, mi sollevò i fianchi e vi mise il cuscino sotto per tenerli sollevati. Il dildo cadde sul letto, ma Dare non ci fese caso, non col mio corpo aperto di fronte a lui, il suo parco giochi.

Ora ero completamente alla sua mercé. Si inginocchiò dietro di me, in mezzo alle mie gambe. Avevo il culo sollevato, in bella vista. Di certo Dare poteva vedere la base nuda del dildo più piccolo posizionata nella mia entrata allargata. La mia figa era altrettanto aperta, e l'aria fredda nella stanza mi ricordava di continuo che lui poteva vedere – ogni cosa.

"Sei così bella, Hannah. Così stretta. Il seme di Zane ti cola dalla figa." Dare mi massaggiò le natiche con entrambe le mani, spalancandole abbastanza per allargarmi la figa e farmi provare un po' di dolore nel buco vergine. Mi passò le dita sulla mia figa bagnata e mi cosparse con il seme che ancora colava. Mi scaldò e mi fece formicolare la pelle, e mi fece eccitare velocemente.

Con cautela, afferrò il dildo che avevo nel culo e lo tirò, sfilandolo lentamente fuori dal mio corpo. Sospirai e il mio corpo si rilassò, e mi sentii inspiegabilmente vuota. Dare afferrò il nuovo dildo.

"Dare, non penso – non sono pronta -" Il secondo dildo anale era troppo grande, troppo lungo. Troppo tutto.

Mi infilò due grosse dita nella figa e io urlai di fronte a quell'invasione. "Stavi dicendo, compagna?" Mi fece un ditalino fino a farmi gemere. Mi spinsi contro la sua mano. "Non sei pronta? Con la figa così bagnata, posso scoparti immediatamente, prenderti con forza e farti implorare per averne ancora."

Continuò a tormentarmi con una mano, e con mi avvicinò la bottiglietta di lubrificante al culo. Sentii la piccola invasione del beccuccio che entrava dentro di me, e poi la calda ondata del liquido che mi riempiva le pareti interne. Presto sarei stata riempita con un dildo ancora più grande di quello che era appena stato tirato fuori.

"Sono qui solo da poche ore." Avevo la voce ansante, e Dare continuava a darsi da fare con entrambi i miei buchi. "Ho bisogno di altro tempo prima che tu possa usare un dildo più grande."

Dare mi disegnò col dito dei cerchietti attorno all'entrata posteriore. Arrossii, sapevo che non era più stretta come prima; il dildo aveva funzionato.

"Tutto il tuo corpo si sta preparando per la cerimonia di rivendicazione, Hannah. Anche il tuo culo. Il tuo corpo cambierà per accoglierci entrambi, ma questi vibratori accelereranno il processo. Sei pronta per quello più grande. Non ti farei del male. Fidati di me."

E una volta infilato il dildo più grande, Dare mi avrebbe poi scopata? Mi avrebbe infilato il suo enorme cazzo nella figa e mi avrebbe fatto sua, come aveva già fatto Zane?

Quando tirò fuori la bottiglietta di lubrificante dal mio culo, sfilò anche le dita dalla mia figa, e dovetti stringere con forza il letto per impedirmi di implorarlo di continuare.

"Non sarò gentile, non questa volta, mia piccola compagna. Sei pronta, e prenderai quello che ti do." E con queste parole, mi allargò con una mano e con l'altra inserì la punta del vibratore anale. "E sai perché? Perché so che lo vuoi."

"Sì!" gridai.

Non mi fece male, ma non fu gentile come era stato Zane. Mosse il vibratore e me lo spinse nel culo fino a quando non potevo più dire di no. Sentii il momento in cui i miei muscoli si rilassarono e il vibratore mi scivolò dentro, veloce, in un impeto di piacere e dolore che mi strappò un gemito dalla gola. Quando fu completamente dentro, Dare cominciò a tirarlo e a spingerlo con gentilezza. Non mi stava scopando, mi stava stuzzicando, fino a quando non sentii di volerlo implorare di fare qualcosa di più. Qualunque cosa.

Lasciò il vibratore e mi misi ad ansimare, aspettando e chiedendomi cosa sarebbe successo ora.

La sua mano mi colpì il culo con una fitta acuta e mi fece strillare.

"Questo è per avermi mentito, per aver mentito a te stessa, Hannah. *Eri* pronta. Eri più che pronta."

Era vero. Era entrato con una facilità sorprendente. Mi aveva allargato, ma non bruciava e non mi faceva male.

"Mi dispiace." Non mi importava quello che dicevo, volevo venire. Avevo bisogno che Dare mi facesse venire.

"Ti dispiace? Non dimentichi niente?" Mi infilò due dita nella figa e allo stesso tempo con l'altra mano mi colpiva sull'altra natica.

Dimenticavo qualcosa? Dio, che cosa? "Cosa?" gridai.

Mi colpì di nuovo, un po' più forte, e il suo pollice trovò il clitoride e lo premette un po' troppo forte. Avevo bisogno di essere stimolata per avere un orgasmo, non di questa pressione costante. Ondeggiai i fianchi, provando a farlo muovere, e la sua mano mi colpì ancora. "Hannah, quando ci troviamo nei nostri alloggi privati, mi chiamerai padrone o signore. Hai capito?"

"Sì."

Dare si mosse così velocemente che neanche me ne accorsi. Mi fece voltare mettendomi sulla schiena e incombette sopra di me. Mi guardò in faccia mentre mi massaggiava la figa con tutta la mano, portandomi sull'orlo dell'orgasmo ancora e ancora, e poi lasciandomi lì, proprio quando l'ondata di piacere stava per investirmi. Ancora e ancora, fino a quando non presi a dimenarmi sul letto, quasi in lacrime. "Vuoi venire, Hannah?"

"Sì."

"Sì cosa?" La sua mano si fermò. Aprii gli occhi e lo fissai nei suoi occhi grigi. La sua lussuria nutriva la mia attraverso i nostri collari, e non potevo nemmeno immaginare quel che lui percepiva in me. Era grazie a questa connessione che sapeva quando fermarsi? Ero così tesa che sarei presto esplosa.

"Sì, signore. Ti prego."

Il suo sorriso bastò quasi a farmi venire. Lo avevo compiaciuto, e la sensazione di calore che mi invase il petto non aveva niente a che fare con il sesso, e dipendeva interamente dalla sua felicità.

Dare abbassò la bocca sulla mia, mi infilò la lingua e cominciò a muoverla imitando i movimenti della sua mano in mezzo alle mie gambe. Quando urlai, tutto il mio corpo si sollevò dal letto con la forza del mio rilascio, mi rubò l'aria, e cominciò a baciarmi scendendo lungo il mio corpo, fino a prendere la mia figa con la bocca. Mi succhiò e mi leccò il clitoride, usando le dita per massaggiarmi dentro, fino a farmi andare di nuovo in frantumi.

"Vedi, Hannah, la tua sottomissione non ha un prezzo doloso. Quando ti concedi liberamente, ricevi in cambio solo piacere. Non c'è bisogno di avere paura. Non siamo come gli uomini sulla Terra."

Si alzò e si tolse i vestiti. Era in piedi di fianco al letto. Indicò il pavimento ai suoi piedi. "In ginocchio, Hannah."

Mi sentivo come cera fusa, ma strisciai verso di lui ansiosa di assaggiare la sua pre-eiaculazione che vedevo imperlare la punta del suo cazzo gigante. Mi inginocchiai di fronte a lui, e il piacere che vidi sul suo volto mi fece quasi esplodere il cuore. Qualunque cosa volesse. Avrei fatto di tutto. Mi sarei sottomessa, perché sapevo che mi avrebbe dato solo piacere. Questi uomini Prillon nutrivano la mia malattia come gli uomini sulla Terra non erano mai stati in grado di fare. Non volevo solo compiacere il mio padrone; la felicità di Dare era in qualche modo la mia. Volevo vedere quell'espressione oscura, e sentire che Zane mi comandava allo stesso modo. Non pensavo però che sarebbe successo.

Ma adesso non volevo pensarci. Non con il cazzo di Dare a pochi centimetri dalle mie labbra. Mi inginocchiai a gambe aperte, le mani sui fianchi, i palmi all'insù. Ero pronta a fare qualunque cosa mi avrebbe chiesto, sarei stata chiunque lui avrebbe voluto.

"Scopami con la tua bocca, Hannah. Fammi venire nella tua gola. Ingoiami lentamente. Tutto. Adesso."

Mi sporsi in avanti e lo presi in bocca. Gli leccai il cazzo con la lingua, mentre gli massaggiavo le palle. Mi afferrò i capelli e mi fece perdere il controllo. Respiravo a malapena, ma non mi importava. La sua pre-eiaculazione si sparse dentro la mia bocca, riscaldandomi il sangue con una febbre che minacciò di farmi avere un altro orgasmo. Lo divorai, lo presi a fondo, fino a quando non c'era più spazio per l'aria, e lo tenni lì il più a lungo possibile, con la pressione che cresceva dentro di me e il bisogno di ossigeno che si faceva impellente. Sapevo che lui poteva sentirlo attraverso il nostro legame, e sapevo che lo stavo facendo impazzire.

"Oh, compagna, tu mi tenti..." Indietreggiò e io presi un respiro affannato prima di succhiarglielo con forza, velocemente. Venne, il suo cazzo si agitava nella mia bocca come un animale selvaggio, e io bevvi tutta la sua essenza. Venni al primo schizzo di sperma contro la mia gola; il corpo si scaldò e si ammorbidì, contraendosi attorno alla spessa asta che avevo nel culo.

Non appena ebbe finito, cadde in ginocchio di fronte

a me e mi toccò la figa. Mi fece piegare indietro fino a farmi toccare con le spalle il lato del letto e a farmi inarcare il collo. La mia testa era poggiata sul letto, e lui svettava sopra di me, la sua bocca sopra la mia, e la sua mano si muoveva velocemente dentro e fuori dalla mia figa, massaggiandomi il clitoride e facendomi venire di nuovo.

Nel giro di pochi secondi mi infransi in mille pezzi. Dare mi tenne ferma, bloccata tra il letto e il suo corpo massiccio. Quando la mia figa smise di pulsare attorno alle sue dita, lui mi tenne lì, la sua mano dentro di me, in profondità, e la sua bocca sulla mia. I suoi baci da esigenti si fecero dolci, il suo tocco da aggressivo divenne tenero, e io non avevo la volontà di fare nulla, solo di restare lì dove mi voleva lui, di permettergli di adorarmi e calmarmi dopo la tempesta.

Non mi mossi quando le sue labbra lasciarono le mie per baciarmi lungo il collo. Non potevo muovermi. Non mi era rimasto niente.

"Hannah, dolcissima Hannah."

"Sì, signore?" la mia risposta fu come un sospiro. Mi facevano male le ginocchia e il sedere mi pizzicava, ma non riuscivo a muovermi.

"Adesso vai a dormire."

"Non vuoi... non vuoi scoparmi?" sussurrai.

Scosse lentamente la testa, ma potevo vedere i suoi occhi che si riempivano di desiderio. "Fino a quando non sarai incinta, solo il tuo compagno può scoparti la figa. Solo quando il seme di Zane avrà attecchito allora io potrò scoparti lì. Fino ad allora, troverò altri modi per dare piacere a entrambi." Si mosse. "Dormi per ora."

Non suonava male.

Dare mi sollevò dal pavimento e mi rimise sul letto prima di rimboccarmi le coperte, come fossi una bimba. Mi chiesi se avesse intenzione di lasciarmi, ma sospirai contenta quando si infilò sotto le coperte insieme a me. Mi rannicchiai vicino a lui, sicura e calda e contenta, e sapevo che lui avrebbe vegliato sul mio sonno.

10

Z ane – Tre settimane dopo

RITORNAI nei miei alloggi dopo un'altra lunga notte piena di problemi, spesa a rivedere i rapporti che arrivavano dal fronte. Eravamo arrivati nella zona di combattimento da più di una settimana, e lo Sciame stava guadagnando terreno. Avevamo perso due piccole navi da cargo e due incrociatori. Dopo mesi senza nemmeno una perdita, il cambio delle tattiche nemiche non era una bella notizia.

E le notizie riguardo la mia vita privata non erano migliori.

Non stavo vincendo la guerra per conquistare il cuore della mia compagna.

Hannah era mia ormai da tre settimane. In qualche modo Dare era riuscito a non farla più preoccupare per le nostre vite, ma c'era qualcos'altro che persisteva. Non aveva ancora giurato di accettare la mia rivendicazione. Il tempo stava per scadere. E quando ritornai nel mio letto la trovai abbracciata a Dare, entrambi nudi e sazi, premuti insieme come fossero diventati un'unica carne, un unico spirito. E io non facevo parte di quell'equazione.

Potevo sentire il piacere che Hannah provava al tocco di Dare fin dal ponte di comando. Il nostro legame attraverso i collari mi ricordava costantemente il piacere che provava – senza di me.

Hannah non mi guardava nel modo in cui guardava Dare. Avrebbe dovuto essere la *mia* compagna. *La mia.* Eppure adesso era tutta per lui, si fidava di lui, gli avvolgeva le braccia nude attorno al corpo e si addormentava.

Io volevo che lei lo accettasse come secondo. Avevo bisogno che lo accettasse, ma una parte di me, oscura e rabbiosa, si contorceva quando li vedevo insieme, quando volevo e non ottenevo il suo affetto. Avevo bisogno di lei in un modo più oscuro e profondo di quanto lei non potesse sopportare, e la frustrazione che provava mi rendeva brusco e rude nei suoi confronti. E così lei ritornava sempre da Dare.

Quando era con me, era sempre nervosa, si agitava e si mordeva il labbro inferiore, perché percepiva che io... non c'ero con la testa. Raramente mi guardava negli occhi, e raramente rideva quando io ero nella stanza. Dare trascorreva più tempo con lei di quanto non facessi io, il mio ruolo di comandante mi teneva lontano da lei più di quanto non volessi.

Capivo perché si sentiva più a suo agio con lui. Dare era più affettuoso. La toccava a modo suo, le sorrideva, e le faceva regali di continuo. Io? Io volevo bloccarla contro il muro e scoparla come un animale selvaggio. Volevo

legarla sul letto e forzare i suoi orgasmi fino a farla esplodere di piacere, fino a quando non avrebbe smesso di
pensare e avrebbe sentito solo quello che volevo darle.
Volevo sculacciare e frustare quel suo culo perfetto
mentre controllavo il suo corpo, i suoi orgasmi, il suo
stesso piacere. Fino a quando non si perdeva completa-
mene e si dimenticava persino del suo nome, ma non del
mio. Quando non le sarebbe importato più di nulla, solo
un nome le si sarebbe posato sulle labbra: *padrone*.

In quanto comandante, avevo bisogno di una valvola
di sfogo, un modo per alleviare lo stress, eppure sapevo
che non potevo ottenerlo a sue spese. Cominciavo a dubi-
tare dell'efficacia del processo di abbinamento. Lei
doveva essere perfetta per me, ma invece era piccola e
fragile. Le cose che volevo io non facevano che spaventarla, e quindi dovevo trattenermi. Provai a essere più
come Dare. Più dolce. Più tenero. Attento a non spaventarla. Ma non stava funzionando. Cazzo, non funzionava
per niente.

Avevo deciso di cercare consiglio altrove. Quand'è
troppo, è troppo. Avevo bisogno di un esperto e, quando
si trattava di donne umane, ce n'era soltanto uno sulla
mia flotta.

La sveglia suonò e gli occhi di Dare si aprirono immediatamente. Posò il suo sguardo su di me. I suoi riflessi
erano pronti, come sempre, e questo era uno dei motivi
per cui mi fidavo di lui.

"Zane."

Annuii e guardai i capelli neri di Hannah che riposavano aggrovigliati sulla curva del suo braccio. Volevo
allungare la mano e accarezzare quelle ciocche di seta,

specialmente adesso che stava dormendo. Se non era sveglia, non poteva né ritrarsi né opporsi. "Come sta?"

"Te l'ho detto, sente qualcosa in te. Il collare le permette di sentire il tuo rifiuto."

Sollevai le sopracciglia. "Io non la sto rifiutando!" Provai a tenere la voce bassa, ma era difficile.

"Non ti stai mostrando per come sei, e lei questo lo sa. Ti senti frustrato per la sua mancanza di accettazione, ma come può accettarti quando *sa* che ti stai trattenendo? Ringhiarle contro di continuo non ci aiuterà a rivendicarla con successo." La voce di Dare era poco più di un sussurro, e io abbassai la mia di conseguenza. Non volevamo svegliarla con questa conversazione.

Questa era la prima volta che Dare mi parlava dei sentimenti di Hannah. Incrociai le braccia sul petto. La mia cautela nei suoi confronti era così palese? "Va bene, secondo. Dimmi quello che mi devi dire. La mia compagna ha paura di me. Cos'altro devo sapere?"

Dare alzò gli occhi al cielo, e mi venne voglia di dargli un cazzotto. "Ha paura di amarti. Ha paura che uno di noi due possa morire, è ovvio. Ma, oltre a questo, sa che non le stai dando tutto, quando invece lei ha praticamente messo la sua anima a nudo."

"Questa è la vita delle spose Prillon."

"Certo che hai la testa dura, Zane. Quando sei nato avevi la testa di metallo? Oppure ti è diventata così col tempo?" Dare sospirò, e con gentilezza mosse la nostra compagna per liberarsi la spalla. Hannah dormiva come un sasso, come faceva ogni mattina. Certo, non era un tipo mattutino, la mia Hannah.

Il mio secondo scivolò giù dal letto e io digrignai i

denti quando vidi che erano entrambi completamente nudi. Mi piaceva scopare con la mia compagna, ma lei non si rannicchiava al mio fianco per dormire come faceva con Dare. Volevo che si fidasse di me allo stesso modo. Ne avevo bisogno con una ferocia che mi stava divorando vivo, mi bruciava le budella, era come un acido che mi dilaniava la carne dall'interno.

Dare prese un'uniforme nuova dal S-Gen e la indossò. Doveva presentarsi sul ponte di volo tra meno di un'ora. Avevo spedito la sua unità per una ricognizione di una base nemica che era stata scoperta sulla luna del quinto pianeta all'interno del nostro sistema. Se i rapporti erano veritieri, lo Sciame si stava espandendo di nuovo. Il che era una cattiva notizia. Per tutti quanti.

Vestito e pronto, Dare mi si mise davanti e mi poggiò una mano sulla spalla. "Zane, senti, devi parlarle di più. Ha perso i genitori quando era ragazza. Suo fratello è uno smidollato, un parassita, e gli uomini del suo mondo si sono approfittati della sua natura remissiva. L'hanno usata. L'uomo di cui si era fidata l'ha usata come un bambino egoista, le ha fatto del male. Parecchio male."

"Ecco perché non posso permetterle di conoscere il mio lato più recondito. Se ha paura di me adesso, figurati cosa può accadere se sapesse la verità."

Dare scosse la testa lentamente. "La stai spingendo via, e lei fa altrettanto. Siete entrambi testardi. Forse dovresti fidarti dei processi di abbinamento. Forse lei ti vuole per quello che sei."

Distolsi lo sguardo dagli occhi imploranti di Dare e guardai quella donna bellissima e fragile che dormiva nel mio letto. "Ne dubito," borbottai. Non mi avrebbe voluto se avesse conosciuto il vero me. "Lei non mi ha confidato nessuno dei suoi segreti – su questi uomini." Sputai l'ultima parola come se mi disgustasse. Chiunque usasse una donna in quel modo non era degno di essere definito tale.

"Non hai chiesto." Dare mi diede un colpetto sulla spalla e si voltò per lasciarmi solo con la mia compagna, ma sentii il bisogno di avvertirlo.

"Il principe Nial verrà in ricognizione con te."

Dare alzò gli occhi al cielo. "Di nuovo? Zane, veramente, quando rimanderai quel ragazzino viziato a casa sua?"

"Spiegati meglio." Irrigidii le spalle, ma Dare oggi era troppo cauto, e voleva dire quel che pensava non solo riguardo alla nostra compagna.

"È uno scapestrato, Zane. Corre troppi rischi. È come se pensasse di essere invisibile. Ho dovuto salvargli il culo fin troppe volte."

Ridacchiai. Sì, il principe Nial, mio cugino, era tutto quello, e molto di più. "È giovane, Dare. Non eravamo invincibili anche noi?"

Dare fece spallucce. "Non te la prendere con me se lo ammazzano."

"Ricevuto." Dare mi lasciò da solo con la mia sposa e io presi a guardarla smaniando per il suo tocco.

Pensai di spogliarmi e di arrampicarmi sul letto vicino a lei, ma si sarebbe sorpresa una volta sveglia, e quindi sarebbe arrossita in un modo meraviglioso, dal petto fino al suo delicato volto. Lo sapevo, ci avevo già provato, e più di una volta. Se avessi voluto scoparla, me lo avrebbe lasciato fare, e sarebbe stata calda e selvaggia e reattiva tra le mie braccia. Una volta finito, dopo aver estorto ogni goccia di piacere dal suo corpo, si sarebbe voltata dall'altra parte e si sarebbe rivestita, e avrebbe detto che doveva andare in classe.

Dare le aveva trovato un lavoro con i piccoli a bordo della nave. Li aveva trasformati, aveva portato canzoni e giochi della Terra ai nostri bambini. I piccoli la amavano tanto quanto me, e le brillavano gli occhi quando era circondata dalla loro giovinezza e innocenza.

Io la guardavo attraverso le telecamere di sorveglianza, e mi doleva il cuore, come se mi avesse accoltellato e avesse lasciato la lama conficcata. La guardavo spesso, mi sentivo un pazzo maniaco, e non il suo compagno.

Avevo bisogno dell'aiuto di un esperto.

Presa questa decisione, con gentilezza scrollai Hannah per le spalle e la svegliai. La guardai muoversi, studiando le dolci curve del suo corpo, apprezzando la grazia che aveva nel vestirsi. Una volta pronta, la portai alla stazione di trasporto. Il Capitano Hendry e la sua sposa ci stavano aspettando. Anne era un'umana, proveniente dalla Terra. Hendry era il suo compagno. Se c'era qualcuno che poteva aiutarmi in questa situazione, era proprio lui.

Afferrai la mano di Hannah e la condussi sulla piattaforma di trasporto. Si volto e guardò il pavimento.

"Dove sono i cerchi?"

"Non ci sono cerchi." Stava dicendo delle scemenze, ma il suo sguardo confuso era bellissimo. Non resistetti e le rubai un bacio. Quando mi staccai, ansimava, e io riuscivo a sentire il profumo della sua eccitazione, attraverso il collare sentivo che la consumava. Ma lei si spinse via dalle mie braccia e si voltò, guardando il pavimento e poi il soffitto, e poi di nuovo il pavimento. Ancora e ancora. "Hannah, sta' ferma, così possiamo iniziare il trasporto."

"Ma dove sono i cerchi? Come faccio a sapere dove mi devo mettere?"

"Hannah, non ci sono cerchi."

"Ma non è come *Star Trek*? Sai, ti metti in un cerchio e dici, *'Teletrasportami, Scotty'*." Aveva il polso accelerato e percepivo che non era a suo agio.

Mi avvicinai e me la strinsi al petto, avvolgendola con le braccia per farla stare ferma. Le stringevo la guancia contro il mio cuore. "Shhh, compagna. Non ci sono cerchi sul pavimento. Sta' ferma. Ti tengo io." Annuii all'ingegnere e sentii gli strani strattoni e le distorsioni, il che voleva dire che stavamo viaggiando verso il piccolo incrociatore del Capitano Hendry.

Hannah tremava tra le mie braccia e, quando la guardai in faccia, vidi che aveva gli occhi chiusi. "Hannah, puoi aprire gli occhi. Siamo arrivati."

"Wow. L'ultima volta stavo dormendo. È come stare su delle montagne russe infinite."

"Che cosa sono le montagne russe?" Volevo conoscerla, capirla, ma era come se parlasse un'altra lingua, come se venisse da un altro pianeta. Il che era vero. Quel pensiero mi gravava sul cuore, ma non avevo il tempo di stare a rimuginare.

"Benvenuto, Comandante! Lady Deston." Il Capitano Hendry e sua moglie ci stavano aspettando all'uscita dell'unità di trasporto.

Lasciai andare Hannah. "Anne!" Le donne si abbracciarono e Anne si scostò dalle braccia di Hannah con un sorriso caloroso. "Vieni, Hannah, ti faccio fare un giro. Tua figlia mi parla moltissimo di te. Già ti ama!" Le donne lasciarono la stanza e io guardai Hannah fino a quando le porte non si richiusero dietro di loro.

"Sono sicuro che la sua compagna sia ben protetta qui a bordo, Capitano."

Mi sorrise. "Due dei miei migliori uomini le seguiranno da vicino."

"Bene." Scesi dalla piattaforma e ci salutammo alla maniera dei guerrieri, premendo gli avambracci l'uno contro l'altro e agganciando le braccia in segno di amicizia. "Quindi. Dov'è l'alcol?"

Hendry si mise a ridere. "Beva tutto quello che vuole, Comandante, non le servirà a niente. La mia nave rimuoverà il veleno dal suo corpo non appena lo beve."

Sospirai. A volte odiavo la tecnologia. Mi ricordavo di quando ero giovane, di quando potevo ubriacarmi. "Lo so, che diamine."

Mi diede delle pacche sulle spalle. "Andiamo da qualche parte dove possiamo parlare delle nostre piccole compagne."

Lo seguii sul ponte di comando e poi dentro la piccola sala operativa annessa, molto simile alla mia. Eravamo da soli.

"Parlami, Zane. Che diavolo ti tormenta in questo modo, da farti venire qui a chiedermi consiglio?"

Non importava quanto questa conversazione mi mettesse a disagio, ero venuto qui per questo. Avevo bisogno di aiuto per conquistare il cuore di Hannah, e non importava quando gentile o premuroso fossi, non importava quanto piacere le dessi, lei non si lasciava vincere. "Mi è stata abbinata. Ho letto io stesso i rapporti. Una compatibilità di quasi il cento per cento. Ma ha scelto il mio secondo, e si allontana da me. Mi teme. Dare dice che Hannah riesce a percepire che mi sto trattenendo. Non abbassa mai la guardia. So che la spavento, ma più provo a controllarmi, peggio è."

Hendry sedeva a capo del tavolo e mi guardava mentre camminavo per la stanza. "E Dare che altro dice al riguardo?"

"Che lei ha perso i genitori, e che è stata maltrattata dagli uomini della Terra. Dare dice che devo parlarle, che devo parlarle dei miei modi da dominatore."

Il Capitano era un vecchio amico fidato, ed era a conoscenza delle mie inclinazioni. Le aveva anche lui.

Hendry incrociò le braccia e si appoggiò alla sedia senza smettere di guardarmi. "Ma sei tu a decidere quello di cui lei ha bisogno o no?"

Mi passai la mano tra i capelli e ringhiai. "Non so di cosa abbia bisogno. Sembrava che non vada bene nulla. È così piccola! Non ho mai incontrato nessun altro umano, a parte Anne. Non conosco la loro cultura, le loro usanze. Ho paura di farle del male."

Hendry ridacchiò. "Posso parlare liberamente, comandante?"

Mi stravaccai sulla sedia di fianco alla sua. "Per favore. Dimmi come debbo comportarmi con queste femmine umane. "

"Hannah non è il problema. Tu sei il problema."

"Cosa?"

"Sei tu quello che si sta trattenendo. Sei tu quello che sta rifiutando la sua compagna."

Aprii la bocca per controbattere a queste stronzate, ma Hendry alzò subito la mano. "Ascolta."

"Sii convincente, Hendry. Oppure ti sbudello e me ne vado." Il capitano sollevò un sopracciglio, ma io non ci cascai. Eravamo amici da anni, e volevo davvero sentire quello che aveva da dire.

"È stata abbinata a te, Zane. A te. Che cosa vuol dire?"

"Non lo so. E la perderò, tra meno di una settimana, se non lo capisco.

"Ti ricordi della mia cerimonia di reclamazione?"

Oh, sì. Me la ricordavo. Si era scopato Anne fino in fondo, lui e il suo secondo ruggivano come animali mentre lei gemeva e gridava, implorandoli di continuare. Io facevo parte della sua cerchia di amici, uno di quelli abbastanza fortunati per assistere alla reclamazione e impegnare la vita e la spada nella loro unione.

Hendry mi guardò dritto negli occhi. "Ho scopato con Anne. Il mio secondo l'ha presa mentre io la bloccavo e la sculacciavo. Abbiamo condiviso il suo corpo come due animali. Le ho stretto la gola, l'ho legata e l'ho scopata fino a farle dimenticare come si chiamasse."

Mi schiarii la gola. Cazzo. Anche io volevo farlo ad Hannah. Tutto quello, e molto di più. "Sì. C'ero anch'io."

"Ma quella non era la prima volta." Hendry si sporse in avanti, il suo sguardo era intenso. "La tua Hannah è stata abbinata a Prillon Prime, a *te*, usando le registrazioni dei neuro-processori di Anne. La tua Hannah è già passata attraverso quella reclamazione." Il capitano mise le mani sul tavolo, come se stesse provando ad ancorarsi contro quello che stava per dire. "Hannah lo ha vissuto, dal punto di vista di Anne. E quell'esperienza l'ha attirata verso di te. Non essere tenero, Zane. Smettila di trattenerti. Lei è remissiva, ed è sensibile ai tuoi bisogni. Capisce che non ti stai concedendo completamente a lei. Può sentirlo, così come tu puoi sentire la sua infelicità, il disagio che prova quando è con te. Ma lei non sa cosa tu vuoi che lei sia, Zane. Ha bisogno di te per quello che sei veramente; ha bisogno di sapere le regole. Non si concederà a te, non ti amerà, non si fiderà di te, non fino a quando non metterai a nudo la tua anima e scatenerai la bestia."

11

*H*annah

ZANE FU STRANAMENTE silenzioso mentre tornavamo verso la stanza di trasporto. Lo guardavo con la coda dell'occhio, ma subito distoglievo lo sguardo quando si voltava verso di me. Era calmo, inspiegabilmente calmo, come se il Capitano Hendry gli avesse dato un tranquillizzante o roba del genere.

Diamine, forse il mio compagno detestava stare con me. Dopo i primi giorni, avevo rinunciato a parlargli. Era il re delle risposte monosillabiche, e mi ero stufata di provare a estorcergli informazioni che lui, ovviamente, non voleva darmi.

Ogni notte mi scopava mentre prendevo Dare nella bocca. Mi avevano spiegato che solo al maschio primario era permesso di depositare il seme nella mia figa, almeno fino a quando non fossi stata incinta del mio primo figlio.

Dopo, tutti avevano il via libera sul mio corpo, ed entrambi gli uomini potevano scoparmi a loro piacimento.

Sapevo che quella prima notte, quando avevo detto che volevo andare a casa, avevo respinto Zane, lo avevo allontanato da me. Mi dispiaceva averlo ferito, ma non importava quanto duramente ci provassi, lui non si apriva con me. Fin dalla prima notte c'era qualcosa che non andava tra di noi. Era freddo e rude e, anche se mi guardava sempre con desiderio, e mi prendeva con un bisogno disperato, c'era sempre della rabbia in lui. Il collare, oltre a farmi percepire l'immenso piacere che noi tre provavamo quando scopavamo, mi trasmetteva anche altre potenti emozioni.

Dov'era finito quell'uomo amorevole che avevo incontrato nella stazione medica? Dov'era quel compagno? Quello che un istante mi comandava, e quello successivo mi trattava come fossi di vetro? Il compagno che mi bloccava succhiandomi i capezzoli mentre il dottore mi faceva venire, che mi teneva ferma in grembo e mi massaggiava la schiena per farmi sentire al sicuro. Dov'era il compagno che mi faceva mettere sulle sue ginocchia e mi sculacciava fino a farmi piangere, e poi mi prometteva che non mi sarei sentita sola, mai più? Dov'era la mia ancora nella tempesta? Il mio padrone?

Se n'era andato, e avevo paura che non l'avrei più rivisto. Avevo cominciato ad amare Dare, lo sapevo, ma stare insieme a Zane era così: camminavamo nel corridoio e non ci toccavamo, non ci parlavamo, non sentivo niente provenire da lui, solo un impenetrabile muro di ghiaccio.

No, non potevo farlo. Non per il resto della mia vita. Volevo di più. Mi meritavo di più.

Ancora non l'avevo detto a Dare, ma avevo deciso che, finiti i trenta giorni, mi sarei cercata un nuovo compagno. Dare si sarebbe arrabbiato, e io avrei sentito la sua mancanza, ma non c'erano alternative. Quindi avevo ancora quattro giorni da passare con i miei compagni, e poi sarei andata oltre e avrei dato a Zane la libertà che tanto voleva. Non sarei più stata la sua bambola gonfiabile, la donna con cui si rifiutava di parlare durante il giorno e che voleva fottere ogni notte. Mi rifiutavo di amare Zane, sapevo che lui non mi avrebbe mai riamata.

E anche quando eravamo insieme tutti e tre, e Zane mi scopava come un vero specialista, riuscivo comunque a sentire che si tratteneva. Non era lì con noi, non completamente, e io ero stanca di sentire che lo deludevo. Zane non era contento di me, e il suo dolore mi feriva. Avevo bisogno di farlo felice. Avevo bisogno di essere quello che lui voleva, quello di cui lui aveva bisogno. Ed ero un fallimento completo. Zane era infelice, e il suo dolore mi faceva a pezzi. Dovevo andarmene, così lui avrebbe trovato una compagna che voleva, una donna che potesse soddisfarlo, una donna con la quale avrebbe condiviso l'oscurità che aveva dentro.

Forse mi avrebbero mandata su un'altra flotta, il più lontano possibile da Dare e Zane. Potevo chiedere al programma spose di mandarmi lontana da Zane? Mi si spezzava il cuore, ma vedere ogni giorno i miei compagni avrebbe solo peggiorato le cose.

Non sapevo cosa comportasse richiedere un nuovo compagno, ma lo avrei chiesto. Forse, quando il Principe

Nial fosse tornato a casa per qualche giorno, sarei andata con lui. Mi avrebbero assegnato a un nuovo compagno lì? E non avrei mai più rivisto né Dare né Zane.

Quel pensiero fu come un coltello nelle budella. Ma non potevo vivere così. Avevo deluso il mio compagno. Non ero quello che voleva né ciò di cui aveva bisogno. Era giunto il momento di lasciarlo andare.

Salimmo sulla stazione di trasporto e Zane mi strinse tra le sue braccia, inondata da quella strana sensazione che ci attirava e contorceva. Quando tutto fu finito, mi aspettavo che Zane mi lasciasse andare, come aveva fatto prima. Invece, guardò l'ingegnere dietro di me. "Trasportaci nei miei alloggi privati, ponte diciassette."

"Signore?" L'ingegnere esitò, e io mi irrigidii tra le braccia di Zane. Che diavolo c'era sul ponte diciassette?

"È un ordine."

"Sì, signore."

Mi strinsi a Zane e mi aggrappai a lui mentre venivamo trasportati dalla piattaforma in un posto nuovo, un posto di cui non avevo mai sentito parlare. Quando il trasferimento fu completo, provai a staccarmi dall'abbraccio di Zane per guardarmi intorno, ma Zane non me lo permise. Mi sollevò e mi fece indietreggiare fino a farmi sbattere con la schiena contro un muro morbido. Zane abbassò le mani poggiandole sulle mie, mi afferrò i polsi e me li sollevò sopra la testa.

"Ti ho nascosto una cosa, compagna. Penso tu te ne sia accorta."

Il battito mi accelerò. Zane mi tirò i polsi sempre più in alto fino a farmi stare in equilibrio sulle punte. "Cosa?"

"Me."

Sentii qualcosa di freddo e duro, e il metallo si agganciò attorno ai miei polsi. Zane allentò la presa e io provai ad abbassare le braccia, ma non ci riuscii. Ero in trappola.

La figa mi si contrasse e tremai di fronte al calore che scorgevo negli occhi di Zane. Abbassò le mani e mi afferrò i seni sopra la mia tunica. Mi pizzicò i capezzoli, e io sussultai mentre la sua bocca si avvicinava alla mia.

Il suo baciò spazzò via tutti i pensieri che avevo avuto. La sua lunga lingua mi esplorava e si contorceva, mi assaporava, e le sue mani mi strapparono i vestiti di dosso. Quando il bacio finì, ero nuda, i miei vestiti giacevano ai nostri piedi a brandelli, e la mia figa era così bagnata che potevo sentire i miei umori che mi bagnavano le cosce, un benvenuto per il suo enorme cazzo.

La fronte di Zane era poggiata contro la mia, e le sue mani erano sulle curve dei miei fianchi nudi. "Mi chiamerai padrone. E nient'altro."

Tremai, ero spaventata da quanto lo volevo. Non esitati: "Sì, padrone."

Mi baciò le guance, il mento. "Se vuoi che mi fermi, dì 'limonata'."

Cosa? "Io odio la limonata."

"Lo so, Hannah, lo so. Ho letto il tuo fascicolo. Anzi, l'ho memorizzato." La sua bocca si chiuse attorno al mio capezzolo e io gemetti, invasa da sensazioni lussuriose che correvano dal mio seno dritte al clitoride. Aveva memorizzato il mio fascicolo? Avevo passato giorni nel centro elaborazione spose a rispondere a domande infinite, su qualunque cosa, dal mio cibo preferito ai ricordi d'infanzia. Avevano anche i miei voti di quando andavo alle elementari.

"Zane."

Mi morse il capezzolo facendomi male. "Padrone."

Come avevo fatto a dimenticarlo. Legata come un sacrificio pagano, con le mani bloccate sopra la testa e il corpo nudo pronto per essere preso. La stanza era di un rosso scuro, come il suo collare, con un ampio letto da un lato e un tavolo con giocattoli dall'altro. Ero legata a un gancio che spuntava dal muro imbottito. Ganci e corde di varie forme e misure pendevano da almeno una dozzina di punti sul muro. Era chiaro a cosa servissero i due vicino ai miei piedi. Erano lì per le mie caviglie. Ma tutti gli altri? Non ne avevo idea.

Sulla Terra avevo letto romanzi d'amore che parlavano di cose del genere. Una cella sotterranea. Quelli a cui piaceva il sadomaso usavano tutte queste cose per i loro giochi sessuali. Per il sesso. Per scopare.

"Perché, padrone? Perché non me lo hai detto? Pensavo che –"

Si spogliò, e la mia voce si affievolì. Lo osservavo mentre denudava le sue spalle massicce, il suo petto enorme. Il suo corpo perfetto a forma di V, gli addominali scolpiti e un cazzo abbastanza grande da farmi svenire.

Per la prima volta dopo giorni, il mio culo era vuoto. Avevo accolto il vibratore più grande con facilità, e ora non ne avevo più bisogno. Non sapevo cosa volessi di più, se il suo cazzo nella mia figa vuota, o che finalmente me lo mettesse in culo.

Dio, volevo entrambe le cose. Si allontanò e andò verso il tavolino vicino al muro. C'era un gran quantità di vibratori e dildo, manette, e altre cose che avrebbe potuto usare su di me. In che modo? Non ne avevo la più pallida idea.

Ma non ebbi il tempo di domandarmelo. Zane ritornò e si inginocchiò ai miei piedi. In una mano aveva un grosso dildo, e nell'altra il lubrificante. Pensavo che mi avrebbe fatta girare e mi avrebbe approntato il culo per infilarci il dildo; invece serrò la bocca contro il clitoride e lo succhiò fino a quando non chiusi gli occhi e mi tremarono le ginocchia.

Quando arrivai al limite, mi spinse un dildo nella figa con un unico movimento veloce, allargandomi e facendomi esplodere sulla sua bocca.

Si pulì la bocca con il dorso della mano. "So che temi che io possa morire in battaglia. Io non temo la morte, compagna; temo solo di poterti ferire, che i miei modi rudi e aggressivi possano spaventarti. Sei così piccola, delicata, fragile. Ti ho nascosto il mio vero io. Ma ora basta."

"È per questo che mi hai rifiutata?" La mia tristezza si mescolava alla speranza.

"Rifiutata? Mai. Ti stavo solo proteggendo. Da me. Dai miei modi oscuri."

Vidi nei suoi occhi che diceva la verità. E la sentii pura e forte attraverso il collare.

"Io voglio i tuoi modi oscuri," ammisi. "Ho bisogno di loro. Ho bisogno di te."

Mi guardò e annuì.

Ero ansimante, senza fiato, e non riuscii a oppormi quando mi fece voltare verso il muro. Il dildo mi riempiva la figa. Come mi aspettavo, sentii la punta ormai familiare del flaconcino di lubrificante che mi entrava di dietro, il calore che mi inondava. Ma poi non sentii nessun vibratore. E Zane mi sollevò da terra.

Mi sganciò le braccia dal muro e mi portò sul bordo del letto. Mi fece mettere a quattro zampe. Mi sistemai, e subito le sue mani mi afferrarono la gola, con gentilezza, dolcemente, e io mi inarcai ripensando alla rivendicazione di Anne; i ricordi mi investirono, e il suo petto duro premeva contro la mia schiena. Sì. Lo volevo.

"Non muoverti, compagna, o dovrò punirti."

Non riuscivo a parlare, la mia voce era sparita. Senza fiato, aspettavo l'inferno di potere che sentivo crescere dentro di lui. Non si stava trattenendo. Questo era Zane, il *vero* Zane. *Finalmente.*

Mi bloccò le braccia dietro la schiena e le legò con corde morbide ma indistruttibili, facendomi spuntare fuori i seni. I nodi erano stretti, ma non troppo, e una benda scese a coprirmi gli occhi.

"Per acuire i tuoi sensi, e per non farti sapere cosa sto per farti."

Avevo il respiro affannoso, ma ero pronta, e smaniavo perché mi prendesse, mi possedesse. Ero quasi in lacrime, e non capivo come quel fluido salato potesse uscirmi dagli occhi. Non mi faceva male, ma mi sentivo come se stessi per esplodere in un milione di pezzi, e c'era solo Zane a impedirlo.

Proprio come nella simulazione nel centro elaborazione, la pelle calda di Zane mi premeva contro la schiena, e la sua voce imperiosa mi riempiva le orecchie. "Accetti la mia rivendicazione, compagna? O desideri nominare un altro compagno primario?"

La voce di Zane era carica di lussuria, e l'esplosione del suo bisogno fu come una vampata attraverso il collare. Non mi ero mai sentita così, non avevo mai sentito *lui*. Mi stava lasciando entrare, mi mostrava cosa voleva che fossi, quel che poteva davvero darmi.

"Io –" mi mancarono le parole. Non potevo dire di sì. Non ancora. E se si fosse fermato? E se questo fosse stato solo una specie di gioco malato, per ingannarmi e convincermi ad accettare lui e Dare – per poi ritornare ai modi di prima? Avevo bisogno di sapere dove mi avrebbe portata. Avevo bisogno di sapere se potevo fidarmi di lui, o se aveva intenzione di usarmi e basta, come tutti gli altri, senza mai mostrarmi il suo vero io.

Quando mi zittii, mi ringhiò nell'orecchio.

"Bene. Capisco. Sento che hai dei dubbi, Hannah. Mi merito questa sfiducia, perché non sono stato onesto con te." Le sue mani scivolarono e mi afferrarono i seni, e io gemetti. Me li strinse con forza, e i miei gemiti si trasformarono in singhiozzi mentre la stimolazione mi inondava tutta. Premetti il culo contro il suo cazzo, volevo costringerlo a prendermi, a porre fine alla mia solitudine.

"No." Fece un passo indietro. Ondeggiai sulle ginocchia mentre la sua voce mi girava intorno. "Dimmi di cosa hai bisogno, Hannah."

"Non lo so."

D'improvviso la sua mano era dietro il mio collo e mi premeva la faccia contro il letto. Ero col culo in aria, lui mi bloccava e io mi contorcevo, lottando contro la sua presa con le mani bloccate dietro la schiena. Bastò un solo forte colpo sul mio culo nudo e una lacrima andò a inzuppare il raso rosso scuro.

"Dimmi cosa vuoi." Mi massaggiò lì dove mi aveva appena colpita. "E non dimenticarti di rivolgerti a me come si deve, compagna. Come mi chiami?"

"Padrone."

"Ottimo." Mentre una mano mi teneva bloccata, due dita mi penetrarono con forza il culo. Gridai, e lui disse di nuovo: "Dimmi cosa vuoi."

"Non lo so, padrone." Era una bugia, una bugia bella e buona. Ma ancora non mi fidavo di lui. No. Non ancora.

"Oh, mia dolce piccola compagna. Mi stai mentendo." Il suo dito mi scopava il culo ben addestrato, e io tremavo. Mi tolse la mano dal collo e si alzò. Un secondo dopo mi sentii completamente vuota. Sfilò le dita dal mio culo e mi lasciò lì sul letto, con le braccia legate dietro la schiena e il culo in bella mostra. "Non muoverti, compagna. O la tua punizione sarà di gran lunga peggiore."

Mi accigliai e provai a immaginare come mi avrebbe punita, ma presto fui distratta da qualcosa di solido contro la mia caviglia destra. Mi avvolse con una grossa cinghia. Una volta fissata per bene, Zane si mosse alla mia sinistra e mi spalancò le gambe, legando qualcosa in mezzo alle mie caviglie.

Oh, cazzo. Una barra divaricatrice. Non potevo chiudere le gambe, non potevo scalciare o lottare o contorcermi. L'idea mi inondò la figa di calore, e i seni penzolanti cominciarono a farmi male, li sentivo pesanti. Non potevo vedere Zane, ma potevo sentirlo mentre si aggirava per la stanza. L'anticipazione, il non sapere cosa stava per succedere, mi faceva respirare affannosamente.

Senza nessun preavviso, Zane mi sollevò i fianchi e mi fece scivolare sotto una specie di cuscino duro, sollevan-

domi abbastanza per alleggerire il peso dalle mie ginocchia. Non ero in grado di distendermi o di allontanarmi
da lui. Provai a piegare le ginocchia, a sollevare un po' i
piedi, ma mi accorsi che erano bloccate.

Non ero mai stata così vulnerabile prima d'ora. Mai. Il
cuore mi batteva all'impazzata e il panico cominciò a
formare un buco freddo e buio nelle mie viscere. E se mi
avesse fatto male? Se avessi voluto alzarmi, andarmene
via, e non me lo avesse permesso? E se mi avesse scopata
e poi mi avesse lasciato lì per ore, per giorni? La tecnologia aliena mi avrebbe tenuta in vita se lui mi avesse
lasciata lì?

Erano pensieri sciocchi. Zane era sempre stato
cortese e premuroso. Esigente e brusco, ma mai crudele.
Ma tutto ciò adesso non aveva importanza, non per il mio
corpo, per il mio cuore. Erano entrambi nel panico.

Dio, qual era la parola di sicurezza? La parola per
farlo fermare?

Limonata. Volevo che si fermasse? Ero stata io a chiedere tutto questo, e lui ancora non mi aveva fatto del
male. Non ancora. E se l'avessi fermato, cosa sarebbe
successo? Cosa?

Io volevo che lui – Dio, non lo sapevo. Non lo sapevo.
Non sapevo cosa pensare o sentire. Mi contorsi sul
cuscino, provai a rotolare così da potermi muovere, avevo
bisogno di –

"Non muoverti, compagna. Nemmeno di un millime-
tro, o sentirai il dolore della mia frusta."

E subito il panico scomparve e io mi bloccai, grata che
fosse stato lui a decidere per me. Mi mise una grossa
mano sul fianco e tracciò la curva del mio culo, del mio

fianco, della mia vita e della spalla, fino a raggiungermi le mani. Le tirò leggermente e le assicurò un paio di centimetri sopra la mia spina dorsale, costringendo le mie spalle contro il letto. Potevo rimanere in quella posizione a lungo, ma non se avessi combattuto, non se avessi provato ad alzarmi dal letto.

Adesso ero bella che intrappolata, ed ero così eccitata che quasi non riuscivo a pensare. Il dildo che mi allargava la figa era grosso, ma non si muoveva, mi torturava con quel che non avevo – il suo cazzo che mi martellava.

Si prese il suo tempo, mi accarezzò la pelle facendomi fremere e volere. Lasciai che mi coccolasse, il mio corpo era suo, e io godevo delle sue esplorazioni. Avrebbe potuto prendermi come più gli piaceva, fare qualunque cosa volesse al mio corpo, farmi male, scoparmi, amarmi, farmi gridare di piacere – e quello mi spaventò a morte. Ma mi eccitò anche come nient'altro in vita mia.

"Hannah, ora dimmi cosa vuoi."

Scossi la testa mentre le sue dita contornavano il mio culo vergine. Volevo tutto, ma ero troppo spaventata per ammetterlo. E se avesse pensato che fossi una pervertita perché mi piaceva mischiare un po' di dolore al piacere? E se era come il mio ex ragazzo sulla terra, l'uomo che mi schiaffeggiava sul culo nudo e si metteva a ridere, come se il mio bisogno di sentirmi al sicuro e controllata dal potere del mio amante fosse una specie di scherzo? Non avrei sopportato che Zane mi deridesse, o pensasse che fossi malata, una specie di pazzoide. Non potevo.

"Hannah. Rispondimi."

"Non lo so, padrone."

Il suo sospiro mi fece contrarre le pareti della figa e

chiusi gli occhi con forza sotto la benda, temevo di farlo arrabbiare.

"Non ti è permesso di mentirmi, piccola mia. Adesso dovrò punirti."

Sentii i suoi passi soffici mentre si avvicinava al tavolo ricoperto dai giocattoli erotici e poi mentre ritornava. Il suo ordine fu l'unico avvertimento che mi diede: "Conterai, Hannah. Da uno a dieci, mentre ti colpisco. Se non conti, non smetterò fino a quando non smetterai di farlo. Capisci?"

Oh, cazzo. Contare cosa?

Un flebile fischio risuonò nell'aria e un oggetto duro mi colpì sul sedere nudo, spingendo il dildo più a fondo dentro il mio culo, infiammandomi le natiche con un fuoco feroce. Mi morsi il labbro e strinsi la mascella, e un calore atroce mi si espandeva sul culo, giù per le cosce, attorno al clitoride.

Mi colpì ancora, facendomi gemere. Ancora. *Crack.*

Avevo il culo in fiamme prima di ricordarmi che dovevo contare.

"Cinque."

"No, amore. Non ti ho detto di cominciare con questo numero." *Crack.*

Gemetti. Mi colpì prima dietro una coscia, poi dietro l'altra. Il dolore mi investì e si cosparse a tutto il mio corpo, era come miele caldo nelle vene. Era *questo* che temevo, di perdermi in questa sensazione, era come fluttuare, esistere per il suo piacere. Spalancare la porta del lato più oscuro della mia anima a un compagno che non mi voleva e che non capiva –

"Conta, compagna." La sua voce rude mi riportò nella

stanza, a lui. Volevo compiacerlo. Avevo bisogno di compiacerlo. Avevo bisogno di essere quel che lui voleva che fossi. Avevo bisogno di essere sua. Avevo –

Crack.

"Uno, padrone." Mi colpì ancora e ancora, e contai fino a sette. Stava usando una specie di remo, era duro e spietato. Le lacrime inzuppavano la benda che avevo sugli occhi, ma io non le sentivo. Provenivano da un posto segreto dietro di me che tenevo sigillato, una riserva oscura di dolore e paura che avevo tenuto dentro di me come un cancro. I miei bisogni mi divoravano perché provavo a rinchiuderli, a bloccarli, a soffocarli come le bestie. Ero io il mostro. L'oscurità che avevo in me era questa: non la facevo vedere a nessuno, e non mi fidavo di mostrarla a Zane. Avevo bisogno del dolore che mi infliggeva per liberare il mostro dalla gabbia. Avevo bisogno che mi rompesse, così che potessi lasciar fuoriuscire l'oscurità, così che potessi smettere di lottare e lasciarmi andare.

Crack.

L'uomo dominante dietro di me continuò senza sosta, e io smisi di contare a otto e lasciai che il fuoco mi prendesse, che le lacrime cadessero. Non volevo preoccuparmi che Zane o Dare potessero morire, o dei segreti che Zane mi stava nascondendo. Non volevo sentire la mancanza dei cieli blu e dell'erba verde della Terra, il caldo dei raggi del sole sul viso. Non volevo essere Hannah; volevo essere sua.

Le sculacciate finirono, ma io non mi mossi. Ero felice di fluttuare, e lasciai che lui mi portasse là dove voleva portarmi.

"Hannah, hai smesso di contare."

Non risposi. Voleva una risposta. Il letto si affossò sotto il suo peso e mi afferrò sollevandomi la faccia. Potevo sentire l'odore della sua pre-eiaculazione mentre il suo cazzo mi danzava intorno alle labbra. Gli agenti chimici all'interno del fluido mi correvano nelle vene, mi svegliavano con rombi di tuono sparati fuori dal mio clitoride.

Mi accarezzò il viso con il dorso della mano e mi infilò il suo enorme cazzo nella bocca. "Succhiami il cazzo, Hannah. Succhiamelo mentre finisco di punirti. Se non conti come ti ho detto di fare, userò la tua bocca per altri piaceri."

Aprii la bocca e avvolsi la lingua attorno al suo cazzo mentre mi scopava la bocca e mi colpiva con il remo sul culo. La sua pre-eiaculazione e il bruciore delle sculacciate mi faceva gemere ed agitare, completamente persa. Esisteva solo lui. Il suo cazzo. Il fuoco che mi bruciava il culo. Ero vicina, così vicina ad avere un orgasmo che volevo implorare, gridare, supplicare affinché mi facesse venire. Invece, me lo ficcava dentro e fuori dalla bocca, con un ritmo che non conosceva soste, che mi faceva annaspare.

Il suo cazzo si gonfiò e pulsò nella mia bocca, lo sperma mi inondò la gola e ruggì attraverso il mio corpo fino al clitoride. Mi contrassi attorno al dildo che ancora mi allargava, e la figa mi palpitava con la prima fase dell'orgasmo. Ma la sua mano mi aveva afferrato i capelli e mi aveva sollevata con uno strattone che mi fece male, e il mio orgasmo si fermò prima di poter esplodere.

"Ora, compagna, dimmi quello che vuoi."

Provai a trattenermi, ma aveva infranto tutte le mie barriere. Sapeva esattamente di cosa avevo bisogno. Sapeva fino a che punto potesse spingermi, e non smisi mai di sentirmi al sicuro. Mi *conosceva*. La mia anima era a nudo, e non volevo mentire. Mi leccai le labbra, provando a risucchiare l'ultima goccia della sua essenza. "Te, padrone. Voglio che mi sculacci fino a farmi dimenticare di me stessa, fino a farmi fluttuare via. Voglio che mi scopi fino a che non posso più camminare. Voglio che tu mi faccia bruciare il corpo fino a farmi urlare e venire sul tuo cazzo."

Mi tracciò le labbra mentre pronunciavo quelle parole infrante, la mia oscura confessione. Non c'erano segreti, né preoccupazioni. Solo io e il mio padrone.

"Brava ragazza. Non nascondermi mai più niente. Hai capito?"

"Sì, padrone."

"Voglio dartelo, Hannah. Ho bisogno di dartelo. Ecco perché siamo stati abbinati, perché ci daremo l'un l'altro ciò di cui abbiamo bisogno. Oh, Hannah, nelle ultime tre settimane abbiamo lottato così tanto... mai più."

Zane si allontanò. Mi rimosse il cuscino da sotto i fianchi e si posizionò dietro di me. Sentii il suo cazzo che premeva contro la mia entrata posteriore, e provai a spingermi indietro, dondolando i miei fianchi contro di lui. "Accetti il mio diritto, Hannah? Accetti la mia rivendicazione di maschio primario?"

"Sì. Sì. *Per favore*, padrone." Avevo bisogno che mi riempisse, che mi prendesse.

"Adesso ti scoperò fino a farti urlare."

"Sì, padrone." Se avessi avuto le mani libere, le avrei

affondate nelle lenzuola. Ma ero legata, il culo in aria, le gambe allargate da una barra di acciaio. Potevo solo accettare qualunque cosa decidesse di darmi.

Avevo bisogno che lui fosse il primo dentro il mio culo. Avevo bisogno di *appartenere* a Zane. Amavo Dare, ma Dare non era il mio padrone. Dare era il mio amante, il mio amico, il mio secondo. Mi faceva sentire al sicuro e amata. Era facile compiacerlo, farlo contento. Ma l'oscurità non faceva parte della sua anima. Zane mi aveva obbligato a cedere, a prendere il mio dolore e a rilasciarlo. Mi aveva costretto a lasciarmi andare e a sottomettermi. Zane aveva bisogno che mi arrendessi. Smaniava per la mia resa tanto quando io avevo bisogno di sentirmi libera e al sicuro nel suo abbraccio da dominatore.

Il dildo mi allargava la figa, e Zane si spinse a fondo dentro il mio culo, irrompendo quell'addestrato anello muscolare, spingendosi oltre con facilità, e riempiendomi fino quasi a farmi male. Quando fu sazio e l'aveva infilato fino in fondo, io ansimavo e mi contraevo attorno all'asta nella mia figa con tutta la forza che avevo. Volevo venire. Avevo bisogno –

La mano di Zane mi piombò con forza sul culo e io mi contorsi, spingendomi tanto in avanti fino quasi a liberare il suo cazzo. Calmò il dolore col tocco della sua mano. "Brava ragazza, ora spingi indietro e prendimi di nuovo."

Ci provai, ma fui troppo lenta, e Zane mi affondò il pugno nei capelli e mi tirò indietro, costringendo il mio corpo a spalancarsi ancor di più, ancora più velocemente. Le fitte di dolore sulla testa mi fecero scuotere. Il fuoco che avevo sul culo si cosparse in un'ondata calda, e io ne volevo di più, ne avevo bisogno. Con un gesto di sfida che sapevo lui non mi avrebbe perdonato, lottai contro le cinghie che mi stringevano i polsi. Se avessi potuto liberarmi anche una sola mano per toccarmi il clitoride. Ecco! Ero quasi libera. Forse, se mi sbrigavo, sarei venuta prima che lui mi fermasse –

Smack.

Mi colpì il culo un'altra volta, e sfruttò la presa della sua mano per spingermi in avanti. "Sei una ragazza cattiva, Hannah. Non ti è permesso usare le mani."

"Mi dispiace, padrone." Dio, chiamarlo padrone mi faceva bagnare ancora di più. Ero così vicina. Non riuscivo a pensare chiaramente.

"Torna qui, Hannah." Allineò la grossa punta del suo cazzo con la mia entrata posteriore. "Scopami col culo."

Mi mossi indietro, e un'altra volta non fui abbastanza veloce, e lui mi tirò i capelli con forza e ficcandomi il cazzo fino in fondo. Gemetti di fronte alla ruvidezza delle sue azioni, l'intensa sensazione che provavo mentre mi riempiva. Faceva male, ma ne avevo bisogno. Avevo bisogno di quelle fitte di dolore, sapere che lui era lì con me, che me lo dava. Il suo cazzo era più grosso di ogni vibratore. Più caldo, più spesso. La sua pre-eiaculazione mi inondò le pareti interne e mi fece eccitare ancora di più. Non sarei riuscita a sopportare oltre. Mi aveva scopata sul serio, facendo leva sui miei capelli e tirandomi verso di lui o bloccandomi, a seconda di cosa avesse bisogno. I miei gemiti di piacere si trasformarono in lamenti disperati mentre mi faceva innalzare sempre di più, riempiendomi e facendomi sua, totalmente e completamente.

Il suo cazzo si ingrossò dentro di me e io seppi che stava per venire. Mi liberò le mani e le lasciai cadere sul letto. Mi bruciavano le spalle, e la mia mente era ottenebrata dalle sensazioni.

"Alzati, Hannah. Sta' dritta. Allunga le braccia dietro di te e afferrami il collo."

Mi raddrizzai sul letto, senza pensare, appoggiai le cosce contro le sue, ancora impalata dal suo bastone durissimo. Il suo petto mi premeva contro la schiena.

Inarcai la schiena, il suo cazzo premeva in avanti e spingeva il dildo ancora più a fondo dentro di me.

"Non muoverti, Hannah."

"Sì, padrone." Le minacce, il suo controllo totale, mi liberavano e istupidivano. Ero sua. Tutta sua.

Mi tenevo a lui, la mia schiena contro il suo petto, il suo cazzo dentro il mio culo e le sue mani tra i miei capelli. Mi sussurrava nell'orecchio.

"Vieni per me, Hannah. Vieni per me."

Fece scivolare le mani lungo il mio stomaco, verso la figa. Le sue braccia erano lunghe, forti, e io ero così piccola nel suo abbraccio. Poteva raggiungere con facilità sia il clitoride che il bastone che avevo nel culo.

Col cazzo ancora nel culo, mi scopò con quel bastone e mi massaggiò il clitoride fino a farmi andare in pezzi. Urlai il suo nome, ancora e ancora. Il mio corpo esplose di piacere, e mi sentivo sempre più agitata, come se ogni orgasmo fosse solo un riscaldamento per il successivo. Mi ero persa in un mare di sensazioni, gridavo indifesa, gli avevo dato tutto e mi aggrappavo a lui come se ne andasse della mia vita. I suoi capelli sotto le mie dita e le sue parole nel mio orecchio erano l'unica connessione col mondo reale.

Sei bellissima. Non so perché ho resistito così a lungo. Ti piace così. Ti piace violento, prendere il mio cazzo in quel culetto vergine. Amerai essere riempita da due cazzi. Presto, Hannah, anche Dare ti riempirà. Ti scoperemo insieme, senza pietà.

Gridai di piacere sovrastando le sue parole. Quando mi spensi, lasciai che venisse, che mi riempisse il culo col suo seme caldo e il potere del suo sperma, e il sovraccarico di sostanze chimiche mi fece venire un'altra volta.

Collassammo entrambi sul letto e lui uscì da dentro di me con lentezza, rimuovendo anche l'oggetto che avevo nella figa. Fatto ciò, mi fece voltare verso di lui, mi baciò gentilmente, dolcemente, ancora e ancora, fino a quando tutte le emozioni delle settimane appena trascorse si alzarono come una marea facendomi piangere.

Mi baciò ancora, con laa mano poggiata sulla mia guancia, come se fossi la cosa più preziosa dell'universo. Mi tolse la benda dagli occhi e lo guardai. I suoi occhi erano del colore dell'ambra scura, e mi inondarono con un bisogno così feroce e potente che mi fece sussultare.

"Mi dispiace, Hannah. Mi dispiace così tanto."

Guardai dentro quegli occhi e mi bloccai, avevo paura di muovermi, paura di perderlo ancora dopo che avrebbe rimosso la barra dalle mie caviglie e si sarebbe arrampicato sul letto assieme a me. La sua voce era rauca e profonda. Si avvicinò. "Ho quasi rovinato tutto. Temevo che non mi avresti voluto così."

Lo guardai confusa. "Così come?"

"Fuori controllo. Voglioso del tuo corpo, tanto che

avrei potuto spingerti troppo oltre, cavalcarti con troppa violenza. Temevo di farti del male, Hannah. O di farti scappare via terrorizzata."

"Io non ho paura di te, non così." Chiusi gli occhi e strofinai il naso contro la mano poggiata sulla mia guancia. "Prima avevo paura di te. Avevo paura di renderti infelice. Temevo che non mi avresti mai permesso di vedere il tuo vero io. Di volerti così. E che tu non mi volessi per davvero."

Si irrigidì. Aprii gli occhi e vidi che le sue labbra si erano assottigliate e aveva aggrottato la fronte. "Tu sei perfetta, Hannah. Ti voglio. Ho bisogno di te. Ho bisogno di prendermi cura di te, di spingerti, di farti sentire al sicuro. Quando ti vedo con Dare, vedo che ti fidi. Ho bisogno di quello, Hannah. Voglio che tu mi dia tutto."

"L'ho appena fatto."

Scosse la testa e spostò la mano verso il mio labbro inferiore. "Non il tuo cuore. Hannah, non mi hai dato il tuo cuore."

Sembrava così triste, rotto, che dovevo fare qualcosa. Non potevo sopportare di vederlo così addolorato. La sua angoscia era la mia. Era addolorato, e io sentivo il suo dolore. "Padrone. Mi hai mostrato quello che mancava, quello di cui tu hai bisogno. Quello di cui io *ho* bisogno." Premetti le labbra contro le sue e provai a calmarlo, provai a estirpare il dolore che provava. Lo amavo. O, almeno, così pensavo. Ma non potevo dirlo ad alta voce. Non ancora. Non adesso.

No se lui non lo diceva per primo. Non l'avrei fatto di nuovo, mai più. Avevo detto al mio ultimo ragazzo che lo amavo, e lui mi aveva sfruttato per il mio appartamento e i miei soldi, mi aveva tradita e mi aveva mollata quando si era presentata un'opportunità migliore.

Zane non era affatto così. Ma era pur sempre un uomo che mi voleva, che aveva bisogno di me, che amava dominarmi a letto – e che non mi amava.

Non sapevo cosa fare e allora lo baciai di nuovo. Si mise sopra di me, ce lo aveva duro, e io lo accolsi così, dolce e lento e tenero. Aprii le gambe e lui mi penetrò. E io, con un sospiro, lo lasciai entrare.

Era stato tanto severo prima quanto era gentile adesso. Mi baciava sulle labbra dolcemente e lentamente, e io sollevavo i fianchi andandogli incontro. Gli avvolsi le braccia attorno alla testa e gli feci sapere che lo volevo lì con me, in quel modo. Per sempre. E, dopo che ebbe versato il suo seme dentro di me, lo strinsi forte. Gli accarezzai i capelli e le sopracciglia, ed ero in pace. Lo tenni stretto a me con tutto l'amore che non riuscivo a dirgli a parole, e così ci addormentammo.

12

Zane

MI SEDETTI nella classe dei bambini e osservai la mia bellissima compagna incantare i piccoli. Erano seduti in cerchio sul pavimento, cantavano canzoni e battevano le mani, e lei sorrideva loro con una luce negli occhi che ti faceva capire quanto li amasse tutti quanti. E così amava me. Lo potevo vedere nel suo sorriso timido, e nel calore dietro i suoi occhi marroni. Il suo sguardo si ammorbidiva quando mi guardava, e attraverso il nostro legame potevo percepire la sua gioia e la sua accettazione.

Mi amava, ma non lo diceva.

Volevo che ammettesse i suoi sentimenti. Avevo bisogno di sentirli. Domani, durante la nostra cerimonia di rivendicazione, avevo tutta l'intenzione di costringerla a farlo.

Una piccoletta mi si avvicinò gattonando, i grandi

occhi felici e soffici gorgoglii provenivano dal suo corpicino mentre mi ispezionava gli stivali. Non c'erano molti
bambini sulle navi da battaglia. Solo gli ufficiali di alto
rango, quelli abbastanza fortunati da avere una compagna, portavo le loro famiglia a bordo. Ogni giorno i
bambini venivano trasportati sulla nave da guerra per
farli andare a scuola e tenerli al sicuro. La nostra era la
nave più grande del battaglione, e nella stanza dei
bambini c'erano delle navette di salvataggio rinforzate e
staccabili.

La ragazzina mi posò una mano grassottella sul
ginocchio e mi tirò lo stivale con l'altra. Qualche settimana fa, avrei tollerato le attenzioni della piccola ma mi
sarei sentito un po' a disagio. I bambini erano così
piccoli, così fragili e innocenti. Averli intorno non mi
aveva mai fatto sentire a mio agio, ma, la notte scorsa,
qualcosa dentro di me era cambiato, qualcosa di
profondo. Per la prima volta in vita mia mi sentivo in
pace. Avevo mostrato ad Hannah tutta la mia oscurità, e
lei non solo l'aveva accettata, ma aveva cavalcato la
tempesta delle mie passioni e aveva avvolto il suo piccolo
corpo attorno al mio, intrecciando le gambe mentre
dormivamo.

Mi fidavo di lei. Non avevo mai tenuto così tanto qualcosa, né avevo mai lottato così tanto per ottenerlo.

La bambina di fronte a me spostò la sua attenzione
dal mio stivale al mio volto e sollevò le braccine. "Su."

Mi accigliai, mi sporsi in avanti e mi misi quella
piccola creatura in grembo. Mi toccò la faccia con le dita
cicciottelle, guardandomi con un'espressione serissima
sul volto. "Dante."

Non avevo idea di chi fosse Dante. Hannah si alzò e arrivò a salvarmi.

"Sì, lui è il comandante, giusto?"

La ragazzina annuì come se le fosse stata posta la domanda più importante del mondo. Poi si sporse in avanti e mi diede un bacio grande, bagnato, a bocca spalancata tra il labbro e il mento. Mi bloccai, estremamente perplesso, e Hannah si mise a ridere in modo sguaiato; il suono melodico della sua gioia era valso la bava che ora mi inzaccherava la faccia.

La ragazzina mi diede qualche colpetto sulla guancia, come se volesse farmi sapere che con me aveva finito, poi ondeggiò il sederino per farmi sapere che voleva scendere.

Le mie mani ricoprirono tutto il suo corpo e la posai con gentilezza sul pavimento. Si allontanò con la sua andatura a papera e io alzai lo sguardo e vidi che Hannah mi sorrideva. Fece un passo in avanti, sorridendo mi toccò il mento e con il pollice mi ripulì il mento. "La tua gente ti ama, *Dante*. Tutti quanti loro, nessuno escluso."

"Non tutti, mia compagna. Non quella a cui tengo di più." Guardai la mia sposa e mi immaginai il suo corpo con dentro il mio bambino, con dentro una dolce bambina che mi avrebbe dato baci bagnati e insalivati, o un forte ragazzino che mi avrebbe sfidato e reso fiero. Volevo vedere il mio seme che le cresceva nella pancia. Volevo sapere che lei mi apparteneva, in ogni modo.

Arrossì e io sostenni il suo sguardo. La sua pelle divenne di un colore più chiaro di quello che assumeva quando veniva sul mio cazzo: era un colore più morbido, più dolce. Volevo dirle che mi sbagliavo, che lei mi amava eccome. Invece, lei mi sorrise col suo sorriso riservato da donna, si sporse in avanti e mi baciò sulle labbra.

Per adesso mi sarei accontentato di questo. Almeno fino alla cerimonia, che sarebbe avvenuta tra poche ore. Ma c'era un problema. Un grave problema che lei ignorava e che avrebbe potuto infrangere questo nuovo legame che avevamo stabilito.

Ero lì con lei nell'area dei bambini e aspettavo brutte notizie. Non volevo che la mia compagna fosse da sola quando gli incrociatori sarebbero tornati a farmi rapporto.

Le afferrai la mano e feci un cenno del capo alle due donne che lavoravano nella stanza. "Posso rubarvi la mia compagna, signore? Vorrei mostrarle il ponte di comando."

"Ma certo, comandante." L'insegnante più anziana, una donna che per molti anni era stata la compagna di uno dei miei migliori ingegneri, ci sorrise con un sorriso pieno di calore. Hannah aveva ragione: la gente della mia flotta mi guardava con un affetto che non avevo mai notato prima. La mia compagna mi aveva fatto aprire gli occhi, mi aveva fatto vedere il loro rispetto e la loro fiducia. Il peso del comando non era mai stato più grave, ma allo stesso tempo non era mai stato un onore. Era la prima volta in vita mia che lo sentivo. Sorrisi di rimando alla donna.

"Grazie, Lady Breenan." Guardai con piacere la donna arrossire genuinamente alle mie parole. Trascinai Hannah fuori dalla stanza, nel corridoio. "Vieni, compagna. Ti mostro da dove comando la nave."

Hannah sospirò felice e camminò stringendomi la

spalla e premendo la guancia contro la mia spalla. La sua felicità mi faceva ronzare il collare, e mi inebriava di soddisfazione. Non c'era sensazione migliore del sapere che mi ero preso cura della mia compagna e l'avevo resa felice, soddisfatta, calma. Beh, forse era meglio sentire il piacere che la inondava mentre la scopavo... ma adesso non volevo pensarci. Non mi sarei recato sul ponte di comando col cazzo duro come l'acciaio. E non quando sapevo che la sua felicità poteva evaporare in qualsiasi istante.

Dare era scomparso. E anche il principe Nial. Avevamo perso i contatti con loro diverse ore prima, e ora aspettavo di avere notizie da una squadra di ricognizione che sarebbe tornata da un momento all'altro. La decisione di non dire nulla ad Hannah era stata difficile, ma presto lei avrebbe saputo la verità. Speravo che il mio secondo fosse ancora vivo.

Come se il fato avesse ascoltato le mie parole, la voce dell'addetto alle comunicazioni riempì il corridoio: "Comandante, la squadra di ricognizione è tornata. La stanno aspettando."

"Arrivo." Dal tono della sua voce capii che non avevano buone notizie. Hannah dovette percepirlo allo stesso modo. Si irrigidì e staccò la guancia dalla mia spalla.

"Zane, che succede?"

Le strinsi le dita, la trascinai dentro un tubo di trasporto e immisi il codice per accedere al ponte di comando. "Poche ore fa, Dare e il principe Nial sono stati abbattuti dalle forze dello Sciame. Ho mandato una squadra di ricognizione per trovarli ed estrarli."

"Oh mio Dio. È morto? No, no, no!" Provò a staccarsi da me. Arrivammo alla nostra fermata e lei barcollò a causa del repentino cambio di direzione. Sbatté contro il mio petto e io la avvolsi stretta con le braccia. Aveva le pupille dilatate, respirava troppo velocemente, respiri brevi e affannati che l'avrebbero fatta svenire. "Lo sapevi e non me lo hai detto! Lo sapevi! Come hai potuto startene seduto lì a giocare con i bambini e sorridermi se lo sapevi?"

Hannah mi prese a pugni sul petto e io la afferrai e la tenni ferma. La guardai negli occhi, fino a quando non si fu calmata. "So che ami Dare, piccola mia. Te lo riporterò indietro. Te lo prometto."

I suoi occhi scuri ed espressivi erano pieni di lacrime. Girò il viso dall'altra parte e seppellì la testa nel mio petto. "Promettimelo, Zane. Promettimelo."

"Te lo giuro solennemente, compagna. Dare tornerà a bordo di questa nave in tempo per la cerimonia." Il che non mi lasciava molto tempo, ma era il meglio che potessi fare. Se lo Sciame aveva Dare e Nial, i miei guerrieri non se la stavano passando bene. Allo Sciame piaceva torturare le forme di vita biologica prima di trasformarle in qualcosa che sembrava più una macchina che un uomo. La mia compagna mi era stata abbinata in modo perfetto: era appassionata a letto, aveva bisogno del mio dominio per venire, ma riusciva a camminare a testa alta come una vera regina quando doveva affrontare il dolore e il pericolo. La rispettavo sempre di più, l'amavo sempre di più. Avrei sacrificato tutta la mia flotta se ciò l'avesse tenuta al sicuro. E quella era una confessione spaventosa.

Dovevo riportare Dare da lei. Se avessi fallito, non

solo avrei perso mio cugino, il mio amico, ma avrei dovuto anche trovare un altro secondo che la mia dolce e testarda Hannah avrebbe potuto accettare. E, a giudicare dal fuoco che aveva negli occhi mentre i ricognitori facevano rapporto sullo Sciame, Hannah non avrebbe mai avuto un altro secondo oltre a Dare.

"Usciremo tra poco e sarò io a guidare la squadra di estrazione." Il mio secondo in comando fece per protestare, come doveva, ma non gli permisi di parlare. "Ho promesso a Lady Deston che riporterò qui Dare, il suo secondo, prima della cerimonia di rivendicazione di domani. E questo è proprio quello che farò."

"Sì, comandante." Uscii e scortai Hannah nei nostri alloggi. Una volta lì, la strinsi tra le braccia e le diedi un bacio per farle dimenticare ogni cosa.

"Resterai qui fino a quando non sarò tornato assieme a Dare. Rimarrai qui, ti chiuderai dentro, fino a quando non tornerò per te. Hai capito?" Le presi il viso tra le mani e la guardai dritto negli occhi per essere sicuro che mi stesse ascoltando.

"Sì."

"Sì cosa?"

Mi afferrò l'avambraccio e mi baciò l'interno dei polsi. "Sì, padrone. Resterò qui, al sicuro, e tu ci riporterai Dare."

La baciai con passione e la lasciai senza dire nulla. La squadra di ricognizione mi aspettava sulla rampa di lancio. Stavamo per uscire con tre navi, ognuna con una squadra di otto uomini. La squadra di ricognizione aveva rintracciato Dare e Nial: si trovavano su una piccola stazione mobile di recente scoperta vicino a un asteroide.

Era un piccolo avamposto, poteva accogliere poco meno di un centinaio di soldati dello Sciame.

Sentendo il sapore della lingua di Hannah nella mia bocca, sapevo che avrei potuto ucciderli tutti quanti da solo.

Ero un pilota eccellente, ma gli altri piloti provenivano dalla squadra di ricognizione e sapevano esattamente dove dovevamo andare. Mi sedetti dietro con gli altri guerrieri e aspettai. La febbre della battaglia mi faceva ribollire il sangue, e sorrisi, ansioso di uccidere. Era da tempo che non assaporavo la battaglia, e smaniavo per dilaniare a mani nude i corpi dei miei nemici.

"Le comunicazione dello Sciame sono state bloccate," ci gridò il pilota. "Atterriamo tra sessanta secondi."

Indossai la maschera respiratoria e mi preparai per la battaglia. Gli altri guerrieri attorno a me fecero lo stesso. La nave atterrò e io seguii la squadra di ricognizione fuori dalla porta. In meno di cinque minuti stavamo caricando le porte del loro perimetro esterno.

La squadra con gli esplosivi aprì un varco per farci avanzare tutti quanti. Ci muovevamo come acqua sulle rocce, in perfetta armonia. Questi erano i miei guerrieri, la mia squadra, e avevamo combattuto fianco a fianco per anni.

I soldati dello Sciame si riversarono attraverso la breccia come migliaia di insetti da un alveare, e fu facile farli fuori sfruttando il terreno roccioso che circondava il loro avamposto mobile. I soldati dello Sciame erano ben programmati per il conflitto diretto, ma quando si trattava del corpo a corpo, o di combattere in piccoli gruppi, non riuscivano ad adattarsi abbastanza velocemente. Lo

Sciame era stupido, ma i loro soldati robotici venivano prodotti più velocemente di quanto non riuscissimo a distruggerli.

Nel giro di pochi minuti, il turbinio di azioni era finito, e i miei guerrieri ed io eravamo riusciti ad entrare. Era un normale avamposto. Le unità robotiche sacrificabili erano state mandate a inondare il perimetro, mentre gli ibridi biologici più avanzati ci aspettavano all'interno per tenderci un'imboscata.

Lanciai una bomboletta di gas attraverso uno squarcio della porta e aspettammo abbastanza a lungo per darle il tempo di mettere fuori gioco i loro sistemi biologici. Il gas non li avrebbe uccisi, li avrebbe solo fatti svenire. I nostri guerrieri erano intrappolati lì dentro, e quindi l'uso di tossine letali non era contemplato.

Ripulimmo l'avamposto una stanza alla volta. Non trovammo unità biologiche fino a quando non raggiungemmo il centro della struttura. Erano lì, distesi su due tavoli della stazione medica. Dare e Nial. Vicino a loro c'erano delle creature metà macchine metà uomini. Erano l'ultima resistenza. Un guerriero alla mia sinistra stordì la creatura vicino a Dare, e un'altra squadra si occupò della creatura vicino a Nial.

Mi avvicinai al mio secondo e lo guardai. Poi lanciai un grido di guerra, mi abbassai, sollevai la creatura semiconscia dal pavimento, e le staccai la testa dal collo.

13

Hannah

ZANE ERA TORNATO. Potevo sentirlo di nuovo, e potevo sentire anche Dare. Ma non provavo gioia o calore. Sentivo freddo. Dare era come assente... e Zane?

Zane era furioso.

Mi massaggiai il collo e presi a camminare rasentando i muri dei nostri alloggi. Non potevo sopportare la vista del letto dove per tante notti avevo dormito avvinghiata a Zane. Né potevo guardare il salotto, lì dove i miei compagni mi avevano preso per la prima volta... le forti mani di Zane sul mio collo e lo sperma di Dare che mi stordiva riempiendomi di lussuria.

Camminavo, felice di poterli sentire di nuovo, anche se non era una sensazione calorosa o stordente.

Passarono cinque minuti. Poi dieci. E Zane non era ancora venuto da me. Quando Zane aveva lasciato la nave, il collare si era spento ed era diventato freddo. E allora avevo capito quanto fosse potente la connessione con i miei due guerrieri, quanto dipendessi dal quel legame costante per sentire che appartenevo a loro, che questa era casa mia.

Oggi avevo quasi detto a Zane che lo amavo, ma non sarebbe successo. Avevo dato ai miei guerrieri ogni cosa – la mia fiducia, il mio corpo, la mia anima. Ma non avrei pronunciato quelle parole per prima. Questa era l'unica cosa che esigevo mi dessero loro, e non avrei ceduto, non importava quanto Dare mi lusingasse e mi stuzzicasse, o quanto Zane mi spingesse al limite solo per riportarmi indietro al sicuro tra le sue braccia. Non avrei ceduto. Non su questo.

Ma se Zane non tornava presto, gli avrei disobbedito. La mia connessione con Dare era come intorpidita, era chiaro che c'era qualcosa che non andava. Sicuramente l'avevano portato nella stazione medica. Il dottor Mordin ora lo stava visitando e si accertava che andasse tutto bene.

Qualcuno suonò alla porta. *Finalmente!*

Aprii la porta aspettandomi di vedere Zane.

Invece, mi ritrovai con un'arma premuta contro il petto, e il vecchio che mi aveva squadrata come un rospo lussurioso la prima volta che ero arrivata. Sapevo che si chiamava Harbart, e che presto sarebbe diventato il suocero del principe Nial, o qualunque fosse il nome dei padri delle spose qui.

Mi dispiacque per il principe Nial. Se la figlia di Harbart assomigliava anche solo un po' al padre, quella povera ragazza doveva essere una persona orribile.

"Lady Deston. Deve venire con me." I suoi occhi erano freddi e severi. La punta dell'arma mi premeva esattamente in mezzo ai seni. Non sapevo quanto fosse resistente questo vestito corazzato, e non avevo intenzione di testarlo ora.

"Non posso. Mi spiace. Il comandante Zane mi ha ordinato di restare qui fino al suo ritorno." Stavo cercando di prendere tempo, e lo sapevamo tutti e due. La crudele forma del suo ghigno mi fece rabbrividire. Indietreggiai di un passo provando a staccarmi dall'arma che mi premeva addosso. Non avevo idea di cosa fosse in grado di fare quell'arma, e non desideravo scoprirlo.

Harbart mi seguì dentro la stanza e si chiuse la porta alle spalle. Lo guardavo terrorizzata. Era enorme, come tutti i guerrieri Prillon. Gli arrivavo a malapena alle spalle, e probabilmente pesava il doppio di me. La sua espressione vacua si era trasformata: da fredda e insensibile s'era fatta mostruosa. Le labbra si erano ritirate scoprendo i denti, i suoi occhi gialli e scuri erano grandi e selvaggi. In una mano impugnava l'arma, sollevò l'altra per colpirmi, e le sue dita nodose erano come i rami raggrinziti di un vecchio albero.

Mi colpì con forza sulla guancia facendomi barcollare. Caddi sul pavimento. Il dolore mi attraversò il cranio, ma io lo accolsi. Sapevo che anche Zane poteva sentirlo, sapevo che sarebbe arrivato. Inghiottii la bile che mi saliva e provai a pensare a un modo per sopravvivere fino all'arrivo di Zane.

"Che puttana." Harbart fece un passo in avanti e io strisciai indietro come un granchio, ma non fui veloce abbastanza, e il suo calcio mi colpì sul fianco. Rotolai di lato, in completa agonia. Harbart si chinò su di me, aveva della saliva sul mento. "Nial doveva morire oggi. E tu? Tu non dovresti proprio esserci, qui. Zane è mio."

Mi diede un altro calcio, ma questa volta ero preparata. Gli afferrai la gamba e la tirai con tutta la forza che avevo. Riuscii a fargli perdere l'equilibrio e a farlo cadere all'indietro mentre mulinava le braccia.

Affannandomi, provai a mettermi in piedi, ma mi sembrava di avere un coltello conficcato nel fianco. Il dolore mi investiva tutto il corpo, ma sapevo come gestirlo. Il dolore mi risvegliava. Mi faceva sentire viva. E questo stronzo minacciava il mio compagno. Non sapevo cosa questo mostro volesse da Zane, ma non avrei lasciato che lo ottenesse.

Barcollando e strisciando, mi diressi verso la S-Gen nell'angolo della stanza. Se riuscivo a raggiungerla, potevo generare una mazza da baseball, o una da golf. Qualunque cosa! Non avevo mai usato una pistola in vita mia, e dubitavo che il sistema della nave fosse programmato con armi terrestri.

Raggiunsi la piattaforma, distesi il braccio, poggiai la mano sul pannello –

"Non muoverti, Hannah Johnson della Terra. O ti faccio saltare le cervella."

Zane.

CAMMINAVO per la stazione medica aspettando che il dottor Mordin finisse gli esami. Eravamo tornati sulla nave da quasi un'ora, e sentivo l'impazienza di Hannah che aumentava a ogni istante. Ma non sarei andato da lei senza avere delle risposte.

"Quindi, dottore? Puoi salvarli?" Dare era ricoperto dai dispositivi superficiali dello Sciame, delle modificazioni metalliche che gli penetravano la pelle e gli occhi. Ma Nial? Quei bastardi avevano chiaramente cominciato a lavorare prima sul principe.

"Dare se la caverà, ma non so se riuscirò a rimuovere gli impianti dal suo occhio destro. Gli miglioreranno la vista, ma non è niente di pericoloso."

Sospirai sollevato. Quindi. Il mio secondo avrebbe avuto uno scintillio metallico nell'occhio per il resto della vita. Ma sarebbe sopravvissuto, tutt'intero, e sarebbe rimasto sé stesso. Hannah sarebbe stata felice, la mia famiglia sarebbe stata al completo, e questa era l'unica cosa di cui mi importava.

"E Nial? Che cosa dico al Prime?" Mi voltai verso il mostro disteso sull'altro lettino e contrassi la mascella. Niel era quasi interamente ricoperto da innesti e congegni, alcune sonde nel cervello gli fuoriuscivano dal cranio. Avevo già visto una cosa del genere, anche di peggio. Dai centri dello Sciame avevo salvato guerrieri in condizioni peggiori, ma questi guerrieri poi venivano sempre inviati alla stazione medica per essere curati, e non li rivedevo mai più.

Ma, solo perché non li rivedevo più, non voleva dire che non ero consapevole della prognosi del principe Nial. La maggior parte degli uomini sottoposti a una manipolazione genetica del genere non riuscivano a sopravvivere. Adesso il principe era più una macchina che un uomo.

Il mio volto doveva tradire i miei pensieri, perché quando alzai lo sguardo vidi che il dottore mi stava osservando.

"Ne ho visti di peggio. Mi metto subito a lavoro. Per ora non dire niente al Prime."

"Quando lo saprai?" Uomo o macchina? Il principe sarebbe sopravvissuto senza quella nuova tecnologia aggiunta al suo corpo? Avevano spazzato via tutti i suoi sistemi naturali?

"Quando rimuoverò le sonde craniche dal suo cervello."

Una scossa di panico mi colpì attraverso il collare, e Dare ringhiò disteso sul suo lettino. "Hannah." Risvegliato dalla paura della nostra compagna, provò a rimettersi seduto.

Non persi tempo in spiegazioni. Mi precipitai subito fuori dalla stanza, Dare barcollava dietro di me.

Il dottore gridò a Dare di fermarsi, ma io conoscevo il mio secondo. La nostra compagna era in pericolo e, a meno che non fosse morto, avrebbe combattuto al mio fianco per salvarla.

Hannah

MI BLOCCAI. Tolsi la mano dal pannello e mi voltai verso Harbart. Mi accorsi dell'esatto istante in cui Zane aveva percepito la mia paura, e la sua furia mi diede coraggio.

Stava arrivando. Dovevo solamente guadagnare un paio di minuti. "Tu sei pazzo, Harbart. Che cosa vuoi da me?"

"Devi morire. Nial deve morire. Mi assicurerò che accada. E quindi il comandante sposerà mia figlia, come avrebbe dovuto quando gliel'ho chiesto."

Scossi la testa, confusa. "Ma il principe Nial sarà il prossimo Prime. Perché dovresti volere un comandante, quando puoi avere il sovrano dell'intero pianeta?"

Harbart mi derise come fosse una bambina ignorante. "Il comandante Deston controlla l'intera flotta interstellare, piccola umana. I guerrieri di *centinaia* di pianeti si inchinano ai suoi ordini." Fece un passo in avanti e mi afferrò i capelli. Mi trascinò sul pavimento. Le lacrime mi trafiggevano gli occhi e la pelle mi bruciava. "Così come obbediranno a te, *Lady Deston*, una volta completata la cerimonia."

Gli afferrai la mano, provai a sollevarmi e ad alleviare il peso del corpo che mi gravava sui capelli. "Non capisco. Lasciami andare."

"Certo che non capisci, stupida umana." Mi trascinò verso la porta. Provai a mettermi in piedi ma non ci riuscii. "I nostri guerrieri governano in tempo di guerra, ma le loro compagne governano in tempo di pace."

Che diavolo voleva dire? Avevo la vista appannata dalle lacrime. Harbart si fermò davanti alla porta aspettando che si aprisse. Era la mia unica opportunità. Mi inerpicai fino a rimettermi in piedi, e con un calcio fortissimo sul ginocchio feci crollare Harbart a terra. Cadde all'indietro, mi lasciò andare cadendomi addosso. L'arma gli volò via dalla mano, e subito presi a spingerlo cercando di togliermelo di dosso e raggiungerla per prima.

"Troia! Ti strozzerò con le mie stesse mani!"

Le sue mani enormi si avvolsero attorno alla mia gamba e cominciarono a tirarmi verso di lui. Gli diedi un calcio in faccia, aggrappandomi con le unghie al pavimento per cercare di trascinarmi via.

La porta si aprì e i miei compagni irruppero dentro la stanza. Il ruggito di Zane mi esplose nel corpo, e crollai sollevata mentre il mio compagno sollevava Harbart dal pavimento e lo lanciava dall'altra parte della stanza. Il vecchio sbatté contro il muro con uno *crack* disgustoso, e capii che il suo cranio non era sopravvissuto all'impatto. Ma Zane non aveva ancora finito con lui.

Affondai il viso nel braccio fino a quando un paio di robuste mani familiari non mi abbracciarono. "Vieni, amore mio. Andiamo dal medico. Zane si occuperà di lui."

Dare mi prese tra le sue braccia e io lasciai che mi trasportasse fuori dalla stanza. Le grida di Harbart ci raggiunsero attraverso i corridoi.

$\mathcal{H}$ annah

GUARDAI i miei compagni entrare nella stazione medica e mettere sotto torchio il povero dottor Mordin come se la mia salute fosse di vitale importanza per la sopravvivenza dell'intero pianeta, e non solo per la cerimonia di rivendicazione che sarebbe cominciata a breve.

Sedevo nella stazione medica con indosso nient'altro che una vestaglia bianca e il mio collare. Era ancora nero, ma presto, quando i miei due compagni mi avrebbero riempita, mi avrebbero richiamata, sarebbe diventato di un bellissimo rosso scuro.

Il principe Nial sedeva sul lettino accanto al mio con la schiena appoggiata contro una dozzina di cuscini. Lo guardavo con la coda dell'occhio, contenta di vederlo sorridere mentre Zane mi faceva per la terza volta la stessa domanda.

Risi, felice e ansiosa di andare alla cerimonia. "Zane, sto bene. Non voglio rimandare la cerimonia."

Entrambi i miei compagni si voltarono verso di me e il respiro mi si bloccò in gola. Dio. Erano bellissimi. Portavano delle lunghe tuniche rosso scuro, dello stesso colore dei collari, e nient'altro. La loro stazza sarebbe dovuta bastare a spaventarmi, ma un brivido di desiderio mi fece contrarre la figa. I miei compagni. *Miei*. Dare, tenero e gentile quando ne avevo bisogno, sensuale e paziente a letto, mi faceva ridere e mi calmava quando avevo bisogno di sentirmi amata. Zane, il suo potere e il dominio che aveva su di me mi facevano sentire, protetta, desiderata. Dare mi amava, il calore delle sue emozioni era come un caldo raggio di sole che mi brillava sull'anima. Ma l'amore di Zane era più come un inferno di lussuria e bisogno, potere e arrendevolezza. Zane era la mia ancora, il mio compagno, il mio padrone. Senza di lui, mi sarei sentita persa.

Si avvicinò a mi afferrò il mento, mi girò il volto per assicurarsi che i lividi fossero spariti. "Ti fa male, compagna? Non lo faremo se non sei completamente guarita."

Gli diedi uno schiaffo sulla mano, irritata di dover affrontare questo discorso ancora una volta. "Sto bene. Questi cosi ReGen mi hanno guarita alla perfezione. Sono un po' ammaccata, ma non mi importa. Zane, voglio che tu sia mio per sempre. Che tutti e due siate miei per sempre. Non voglio aspettare. "

Dare si posizionò di fianco a Zane, le braccia conserte. "Hannah, decideremo quando sarai pronta. Il dottore –"

"No! Io decido. Non lui. Io. E voi." Balzai giù dal

lettino e punzecchiai il petto di Zane col dito. "Se non mi volete, d'accordo. Me ne vado a casa. Ma –"

Zane mi zittì con un bacio. Dare ridacchiò. Il dottore sospirò sollevato e il Principe Nial si schiarì la gola.

"Zane, cugino, voglio chiederti una cosa prima che tu vada via."

Zane smise di baciarmi e mi tirò al suo fianco, il suo braccio attorno alla mia vita, e io rimasi lì, contenta come un gattino. Dio, lo amavo. Lo amavo così tanto.

"Di cosa hai bisogno, Nial?"

Il principe sembrava imbarazzato, per quanto potesse con quel bagliore metallico che persisteva su un lato della sua faccia. Il suo occhio sinistro era d'uno strano colore argento, e aveva impianti metallici sul braccio e la gamba sinistri. Sembrava un cyborg non ancora terminato, qualcosa sbucato da un film di *Star Trek* che avevo visto una volta. C'era una strana razza aliena di macchine che catturava la gente e gli ricopriva il corpo con programmi computerizzati e gadget. Era strano, raccapricciante. Ma il suo occhio buono mi rattristò. Sembrava perduto.

"Ho bisogno di andare sulla Terra, e di una nave una volta arrivato in quel settore. Non posso tornare su Prillon in queste condizioni. Ieri il dottore mi ha detto che la mia compagna è stata scelta. Viene dalla Terra come te, Hannah. Ma non le è stato consentito di partire a causa della mia... condizione."

Sussultai. "Ma la figlia di Harbart –"

"Quello non sarebbe mai successo, non dopo che ti ho vista assieme al comandante." Il principe Nial guardò Zane con un sorriso triste. "Cugino, non ho capito a cosa ti riferissi quando dicevi di non volere un matrimonio di interesse fino a quando non ti ho visto con lei. Ora capisco. Voglio la mia compagna. Lei è mia."

Il braccio di Zane si irrigidì attorno a me. "Vuoi andare a cercarla? Forse non vorrà venire di sua spontanea volontà."

Il principe guardò Zane negli occhi. "La avrò, Zane. Con o senza il tuo aiuto. È la mia compagna."

"Benissimo. Dottore?" Zane urlò per far venire il dottor Mordin, che però si trovava subito dietro Dare.

"Ho tutti i dati, comandante. Me ne occuperò io."

Zane allungò la mano e Nial la strinse.

"Buona fortuna. Ti auguro di trovarla."

"La troverò. Grazie."

"Andiamo, Hannah. È tempo per te di rivendicare i tuoi compagni."

Zane mi condusse fuori dalla stanza. Camminai lungo il corridoio tra lui e Dare. Raggiungemmo la stanza e io mi guardai attorno, stupita. L'anticipazione mi bagnò la figa ancora prima di varcare la soglia.

"Mettiti al centro della stanza, rivolta verso di noi," mi ordinò Zane, e subito obbedii. Quando raggiunsi il centro della stanza, mi fermai e mi guardai velocemente attorno. La stanza era vuota, c'era solo un cuscino al centro, ma non aveva niente a che vedere con quelli che ricoprono i divani della Terra. No, questo cuscino era grande quando un letto e mi arrivava alla vita. Era proprio l'altezza giusta: così Dare avrebbe potuto prendermi da dietro mentre cavalcavo il cazzo di Zane.

Il calore che mi inondò mi fece tremare. Zane si schiarì la gola e io mi voltai verso di lui. Era di fianco a Dare, spalla contro spalla, e io mi godetti la vista dei miei due compagni che gettavano le loro vesti in terra e si denudavano di fronte a me. Gli altri uomini erano nascosti dietro un vetro oscurato. Erano i guerrieri prescelti dai miei compagni. Erano qui per assistere alla cerimonia e promettere di proteggermi a costo della vita.

Non sapevo chi ci fosse dietro quel vetro, né mi importava. Volevo reclamare i miei uomini per sempre. Volevo che mi scopassero, che mi allargassero, che mi facessero implorare –

Parlò Zane: "Ti faremo solo due domande, Hannah." Annuì verso Dare che aveva in mano una striscia di tessuto nero. "Primo: vuoi essere bendata, o preferisci vedere?"

Wow! Quindi anche Anne aveva dovuto compiere questa scelta?

Ricordai la sensazione che provai, l'attesa, il non sapere cosa avrebbero fatto i suoi amanti, l'anticipazione... "Bendata."

"Togliti i vestiti." Lo feci, e lo sguardo di Zane mi fece sciogliere di dentro come burro su un piatto caldo. Dare si avvicinò, il cazzo duro come una pietra e pronto a prendermi. Si posizionò dietro di me e io sostenni lo sguardo di Zane fino all'ultimo istante mentre Dare mi copriva gli occhi e mi legava la soffice stoffa attorno alla testa. Mi prese la mano e mi condusse verso il cuscino. Lì trovai le forti mani di Zane che aspettavano di afferrarmi i seni. Mi fermai gemendo. Dare mi ricoprì la schiena con la sua pelle calda, mentre Zane mi stringeva e mi tormentava i capezzoli.

"Tienila ferma." L'ordine brusco di Zane mi fece barcollare, e un liquido caldo mi bagnò la figa.

"Piacere mio." La voce di Dare sussurrava dentro il mio orecchio, bloccandomi le braccia contro i fianchi. Mi strofinò il cazzo enorme contro il culo, ancora e ancora, dandomi un antipasto dell'orgasmo che avrei avuto. Gemetti e premetti il culo contro di lui. "Presto, amore. Prestò ti scoperò fino a farti urlare."

Sentii Zane muoversi. Mi morsi il labbro per evitare di gridargli di sbrigarsi. I guerrieri dietro i vetri oscurati cominciano a intonare il canto che ricordavo di aver sentito durante la simulazione, e tutto il mio corpo si elettrizzò al ricordo. Stavo quasi per urlare per la frustrazione, quando Dare mi sollevò e mi fece sedere a cavalcioni su Zane. Il mio compagno era disteso sulla schiena, e io mossi i fianchi per massaggiargli la sua lunga asta. Delle forti mani si avvinghiarono sui miei fianchi, attente a non sfiorare i lividi che ancora avevo sul corpo dopo l'attacco di Harbart, e allora capii, proprio in quel momento, che i miei compagni non mi avrebbero mai fatto del male, non mi avrebbero mai lasciata, non mi avrebbero mai tradita, non mi avrebbero mai data per scontata.

La parole pronunciate dalla profonda voce di Zane mi rimbombarono nel petto. "Accetti la mia rivendicazione, compagna? Ti concedi liberamente a me e al mio secondo? Oppure desideri scegliere un altro maschio primario?"

"Accetto la vostra rivendicazione, compagni." Nel momento stesso in cui pronunciai queste parole, Dare fece un passo in avanti e mi accorsi che si trovava dietro di me, pronto a prendermi da dietro mentre cavalcavo Zane, il suo cazzo ficcato fino in fondo.

"E allora noi ti rivendichiamo con il rito della rivendicazione. Tu sei mia, e io ucciderò qualunque altro guerriero osi toccarti."

"Ti amo, Hannah. Ti amerò per sempre." Dare mi premette le labbra sulla guancia mentre le voci che sentivo cantare gli rispondevano con un coro rituale di voci maschili.

"Possano gli dei proteggerti e assisterti."

Ebbi meno di un secondo per andare in estasi per la dichiarazione di Dare, che subito Zane mi tirò a sé per baciarmi. Dare sfruttò la situazione e mi spalancò le natiche per inserirmi il lubrificante nel culo, mentre Zane mi scopava la bocca con la sua lingua. Mi afferrò le mani e me le bloccò dietro la schiena; e allo stesso tempo usò la mano libera per tendere il mio culo e sollevarlo in aria così che Dare potesse giocarci.

Zane mi rubava l'aria, e Dare mi infilò tre dita dentro, e con un quarto mi stimolava il clitoride. Mi spalmò la sua pre-eiaculazione sulle natiche e quella sostanza magica mi penetrò nella pelle e mi scaldò il sangue, fino a quando non sentii come una lava che mi inondava le vene.

Ero sull'orlo di un orgasmo, cavalcavo le dita di Dare con abbandono, fino a quando Zane mi avvolse il collo con una mano e mi tirò gentilmente a sé. "Non fino a quando non avrai il mio permesso, compagna."

Il suo ordine mi fece eccitare ancora di più. Gemetti. Sapevo che la NP stava registrando tutto. Sapevo che c'era almeno una mezza dozzina di uomini che ci guardava, ma non mi importava. Volevo che i miei compagni mi scopassero, mi riempissero, mi facessero loro per sempre.

Le mani di Dare mi lasciarono e Zane mi tenne perfettamente immobile. Ero un disastro, vuoto e dolorante.

Pensai di controbattere, come aveva fatto Anne, dire loro di sbrigarsi, dando loro degli ordini così da sentire le loro violente manate sul mio sedere nudo. Ma sapevo che non era questo quello che Zane voleva. Non voleva che lo spingessi; voleva che gli dessi tutto quello che avevo.

La sua voce soffice era quasi un sussurro. "Dimmi quello che vuoi, Hannah."

"Voglio te." Quelle due parole erano una confessione a cuore aperto, una resa totale. "Voglio te. Voglio Dare."

Mi fece riabbassare fino a quando le mie labbra toccarono le sue, ma non mi baciò. Del contatto. Nient'altro. "Perché?"

Perché? "Perché ti amo, Zane. Ti amo. Vi amo entrambi."

Mi schiacciò le labbra contro le sue e mi sollevò i fianchi. Dare allungò una mano in mezzo ai nostri corpi e posizionò il cazzo di Zane contro l'entrata della mia figa e Zane, la bocca ancora avvinghiata alla mia, mi abbassò sulla sua asta con un fremito che scosse tutto il suo corpo.

Dietro di me, Dare mi massaggiava il culo con un tocco dolce. "Sei pronta per me, amore?"

"Sì." Dio, sì. Ero pronta.

Dare mi penetrò lentamente, allargandomi tanto che fui sul punto di urlare. Mentre annaspavo, Zane mi baciava le guance e il mento, le labbra e il naso, e mi metteva le mani sul culo, allargandomi per bene così che il mio secondo compagno potesse prendermi.

Gemetti sentendo quella doppia penetrazione, sentendo che entrambi i miei uomini mi riempivano.

Quando entrambi furono sazi, afferrai i capelli di Zane con una presa salda, desideravo disperatamente che si muovessero, che Zane mi facesse venire. Avevo bisogno del suo permesso. Avevo bisogno di essere liberata dal mio padrone.

La mano di Zane mi correva lungo la schiena, accarezzandomi, calmando il dolore, amandomi. Smisi di provare a indovinare quello che stavano per fare, e appoggiai semplicemente la guancia sul cuore di Zane, contenta di lasciarmi portare ovunque volesse portarmi.

I loro colpi si alternavano, uno mi riempiva fino in fondo e l'altro si ritraeva, infiammandomi i nervi della figa e del culo, e io mi mordevo le labbra per trattenermi. Il mio orgasmo non mi apparteneva. Apparteneva ai miei uomini.

"Ti amo, Hannah Johnson dalla Terra." Le parole di Zane mi fecero mettere a piangere, e mi voltai per stampargli un bacio sul cuore. Quando lo feci, i suoi fianchi si scossero sotto di me, e io gridai per lo squisito piacere misto al dolore che mi provocavano i suoi colpi. Col cazzo enorme di Dare nel culo, e con quello di Zane nella figa, ero aperta a metà, spalancata e reclamata.

Diede un altro colpo, e Dare indietreggiò fino a quasi sfilarmelo dal culo, e poi lo rinfilò dentro. Gemetti, aspettando il mio padrone, aspettando di poterlo compiacere.

"Vieni per me, Hannah. Fammi tuo per sempre."

Venni al suo comando, perduta nelle sue sensazioni che mi pulsavano attraverso il corpo e il collare che ci connetteva tutti e tre. Ne sentivo il calore, anche attraverso la benda sapevo che il mio collare aveva cambiato colore.

Mi avevano scopato fino a farmi rimanere senza fiato, fino a quando il mio corpo non aveva nient'altro da offrire, fino a quando non ero venuta più e più volte, così intensamente da non farmi muovere.

E mi era piaciuto dall'inizio alla fine.

———

Leggi Rivendicata dai suoi amanti ora!

Volendo disperatamente fuggire da un uomo potente, deciso a far di lei un esempio dopo che ha osato sfidarlo, l'unica opzione di Leah è quella di offrirsi volontaria per il Programma Spose Interstellari. Viene assegnata al pianeta Viken, ma al suo arrivo rimane scioccata: è stata assegnata non ad unico enorme, bellissimo guerriero, ma a ben tre.

Drogan, Tor e Lev sono tre gemelli nati nella famiglia reale di Viken, che furono separati alla nascita in un ultimo disperato tentativo di evitare una guerra catastrofica. Con gli anni, si riuscì a stabilire una fragile pace, ma ora una terribile minaccia dallo spazio profondo incombe sul pianeta, sempre più pressante, e c'è un unico modo per i tre fratelli di salvare il loro popolo. Devono trovare una compagna il prima possibile e far nascere l'unico erede al trono.

Dopo aver lasciato la Terra, Leah certo non si aspetta di

essere condivisa da tre uomini... eppure è impossibile per lei nascondere l'intensa eccitazione che prova quando i tre fratelli cominciano ad insegnarle cosa voglia dire essere dominata dai guerrieri Viken. Non ci vuole molto prima che la sua esitazione a farsi dominare completamente le faccia guadagni una sonora sculacciata sul sedere nudo. Eppure, già solo quel vergognoso castigo basta a farle desiderare i tre fratelli sempre di più. Con in gioco il suo futuro, il futuro del suo pianeta, riuscirà a resistere testardamente alle richieste del suo corpo, o si arrenderà per essere rivendicata dai suoi amanti?

Leggi Rivendicata dai suoi amanti ora!

ISCRIVITI ALLA NEWSLETTER

Iscriviti alla mia mailing list per essere il primo a sapere di nuove uscite, libri gratuiti, prezzi speciali e altri omaggi di autori.

http://ksapublishers.com/s/bw

ALTRI LIBRI DI GRACE GOODWIN

Programma Spose Interstellari

Dominata dai suoi amanti

Il compagno prescelto

La compagna dei guerrieri

Rivendicata dai suoi amanti

Tra le braccia dei suoi amanti

Unita alla bestia

Domata dalla bestia

La compagna dei Viken

Il Figlio Segreto

Amata dalla bestia

L'amante dei Viken

Lottando per lei

Programma Spose Interstellari: La Colonia

La schiava dei cyborg

La compagna dei cyborg

Sedotta dal Cyborg

La sua bestia cyborg

ALSO BY GRACE GOODWIN

Faith: Ascension Saga - Volume 2

Ascension Saga, book 7

Ascension Saga, book 8

Ascension Saga, book 9

Destiny: Ascension Saga - Volume 3

Other Books

Their Conquered Bride

Wild Wolf Claiming: A Howl's Romance

I LINK DI GRACE GOODWIN

Puoi seguire Grace Goodwin sul suo sito, sulla sua pagina
Facebook, sul suo account Twitter, e sul suo profilo Goodread
usando i seguenti link:

Web:

https://gracegoodwin.com

Facebook:

https://www.facebook.com/profile.php?id=100011365683986

Twitter:

https://twitter.com/luvgracegoodwin

Goodreads:

https://www.goodreads.com/author/show/
15037285.Grace_Goodwin

L'AUTORE

Grace Goodwin è un'autrice di successo negli Stati Uniti e a livello internazionale, di romanzi di fantascienza e paranormali. I titoli dell'autrice sono disponibili in tutto il mondo in più lingue nel formato e-book, cartaceo, audio e app di lettura. Due migliori amiche, una l'emisfero destro e l'altra quello sinistro, compongono il pluri-premiato duo di scrittrici Grace Goodwin. Sono entrambe madri, appassionate di escape room, avide lettrici e intrepide bevitrici delle loro bevande preferite. (Potrebbe esserci o meno una guerra tra tè e caffè in corso durante le loro comunicazioni quotidiane.) Grace ama ricevere commenti dai lettori.

CPSIA information can be obtained
at www.ICGtesting.com
Printed in the USA
BVHW041359031121
620700BV00009B/112

9 781795 903165